从《申报》广告看中国近代小说运动

潘薇薇 著

中国出版集团 东方出版中心

目　录

第一章
绪　　论

毫无疑问，中国的近代化同现代大众传媒产业在中国的落地、发展是紧密联系的，有关这种纠结关系最重要的证据就是近代大众文化的媒介化，是现代传媒第一次在封建中国许多不具名的“乌合之众”中号召起一个叫“大众”的群体，参与生产并传播了近代中国的大众文化。按照文化研究的观点，现代传媒介入大众文化的生产与传播并成为文化产业的一部分后，随之带来的就是“文化的商品化”①。广告被视为终极文化商品，“广告将推销商品的讯息包含其中，使那些通常对绝大多数被推销商品和服务都毫无兴趣或并不真正需要的人注意到它并受影响。对特定产品的消费通常被描绘为一种建构、一个值得建构的身份，玩得开心，结交朋友，影响他人或解决问题的最佳途径”。②

近代小说运动的兴起无疑得益于大众传媒机器的强大传播力量，启蒙精英们很好地利用了这一传播工具，将长久以来

---

① ［美］斯坦利·巴兰、丹尼斯·戴维斯：《大众传播理论——基础、争鸣与未来》，曹书乐译，清华大学出版社 2004 年版，第 325 页。

② 同上书，第 329 页。

一直屈于传统文论边缘的小说一跃而擢升至文坛中心，以铺天盖地之势席卷开来，在短短数十年间完成了对传统的以诗文为中心的格局的颠覆，并且被塑造成日常形态的民间文化推向市场，当仁不让地成为大众文化的主流。广告在这一过程中扮演了不可取代的角色，在对倾向性筛选后的文化要素进行戏剧性改写后，这一终极文化商品的唯一目的就是最大化地吸引受众。广告从来就不能被视为是真实客观的信息，它是现实的幻镜，通过运用各种言语修辞手段表达种种隐喻；作为消费者的个体受众从自身的知识结构、社会环境、消费需求等出发，对蕴涵在广告信息中的丰富的隐喻进行解码并获得个人所需。广告当仁不让地充当了强有力的推手，使得近代小说强势侵入并最终颠覆了诗文正统、小说边缘的传统文论格局。广告不仅推动消费，还在客观上引导了小说创作实践。小说不仅是载道的工具，还是文化消费品，某种类型的小说广告的大量刊出，成为创作的风向标，引领着职业小说创作者们的小说生产。现有的以近代小说运动为对象的研究主要在大学的专业院系或专业研究机构中进行，或是出于对传统的自上而下的研究范式的沿袭，或是出于“学院派”们的身份限制，将目光集中于近代文论的变革以及启蒙精英所进行的新小说创作实践，这种研究态度本身体现的正是精英主义传统。研究可以分领域，研究态度则不应有预设及偏见，否则会导致研究的盲区以及现有研究成果的不足。

作为商品的小说广告意在刺激消费，它揣摩受众心理，运用言语修辞手段，将丰富的隐喻编织在商品信息中，搭载大众传播工具，在尽可能多的受众心中留下深刻印象，最好是成功激起购买欲望。这是广告主及出版商的逻辑，至于小说广告的内容将如何被受众使用以及会产生何种长期效果则不在他们的考虑之内，而这种对社会传播效果关注的缺失却成为日后小说运动的现实与初衷错位的原因之一。作为研究者，有必要将“自上而下”和“自下而上”两种研究路径结合起来，让刊登在近代报刊上的小说广告进入研究视野，从一个全新的维度出发，取消理论预设，从史实出发，发掘近代小说运动长期被遮蔽的一面，也可回答该领域研究中一些未解的问题，比如小说运动的初衷与现实为何错位等。

一、研究报刊文学广告的必要性

首先，报刊上的文学广告属于文学研究的史料，但是这部分史料目前仍然游离于大部分研究者的视线之外。纵观现有研究成果，会发现近代史研究领域有两大理论框架，其一就是李泽厚先生所提出的“救亡与启蒙的双重变奏”，这种情况在近代文学研究领域同样存在，做了何种理论预设，就有可能将研究的视野限定在某个研究范围之内；而文学史研究领域还存在着意识形态遮蔽的现象，亦即陈思和教授所言的意识形态是座灯塔，灯塔照不到的地方就是研究的盲区。近代既是家国危机深重的时代，又是传统中国在动荡中变革的时代，所以近代文学领域的研究多采取自上而下的路径，构建宏大叙事框架，关注的是启蒙运动如何发起，在哪些领域中展开，提出了怎样的主张；但启蒙是双方互动的过程，只关注一方的研究是不完整的，在近代文学研究领域，对小说消费市场的研究可以有力地弥补这种不完整。

近代中国的广告是伴随着资本主义大众传媒在中国的扩张而发展的，近代文学研究中，近代大众报刊和专业化杂志已经成为重要的文本，但是研究的视域目前仍主要集中于散佚在近代报纸杂志上的小说文本，精英视角下近代小说运动的轨迹，近代小说观念及理论的变迁，以及近代资本主义性质传媒业发展对于近代文学的影响，而近代报刊上数量众多的小说广告的意义，却没有被充分挖掘。

作为营销手段的广告本身具有很强的工具性，它意在鼓励消费，它服务于产品的制造者而非消费者；广告将生产者和消费市场直接联系起来，从内容到形式都具有很强的针对性。可以说，广告代表的不是精英视角，而是时代对于小说作品的认识和评价，在对商品的潜在消费阶层进行详细的受众分析后，提取潜在消费阶层最需要、最感兴趣的信息，因而广告是一定程度上社会和消费阶层观念的真实反映。既然广告是具有倾向性的，它所反映的文学也是不全面的，但它所代表的是文学与社会间的连接，它折射的是作为消费者的小说阅读市场如何回应启蒙精英的倡导并作出自己的选择，在这里可以找到近代小说运动潮起潮落的轨迹及原因。

其次，相比较正统文学史叙事从精英视角出发对近代小说运动的框定，《申报》小说广告所反映的近代小说运动有自己的轨迹，这正是本研究所关心的重点。启蒙者与被启蒙者是启蒙运动的双方，两者的地位同样重要。启蒙者发起的运动究竟如何被接受并在何种程度上影响了被启蒙者，直接关系到启蒙运动的效果，而从刊登在《申报》上的近代小说广告出发，就是从一个侧面着重考察被启蒙者以及启蒙效果；清末民初的民间社会有自己的发展规律，而通过对小说广告的文化与社会学解读，可以得出民间社会是如何以自己的方式接受、消化“小说界革命”的理论，而近代小说运动又是如何突破启蒙精英们的期望与掌控，从政治教化的工具变为日常生活领域的大众文化消费品。

以往的近代文学研究领域传统范式是自上而下的“启蒙路线”，文学史的叙事路径也是以近代思想史、文学史上的精英人物为经，以近代史上的几次具有转折意义的重大事件为纬，构架一部近代精英引导下的文学发展史。

二、正统文学史架构及范式

传统叙史范式将梁启超的《论小说与群治之关系》视为“小说界革命”的总宣言，近代小说观念的变迁可溯流至维新运动时期。更早在1895年，传教士傅兰雅就在《申报》及《万国公报》上以广告的形式刊载《求著时新小说启》一文：“窃以感动人心，变易风俗，莫如小说。推行广速，传之不久，辄能家喻户晓，气习不难为之一变。今中华积弊最重者，计有三断：一鸦片，一时文，一缠足。若不设法改变，终非富强之兆。兹欲请中华人士，愿本国兴盛者，撰著新趣小说合此三事之大害，并袪各弊之妙法，立案演说，结构成篇，贯穿为部，使人阅之心为感动，力为革除。”值得注意的是，最早的小说革新行动，就是在大众媒介上以广告的形式推出的，由此可见广告这一现代传播手段对于小说运动的作用从一开始就得到了运动先驱们的重视。进入 20 世纪后，在小说出版领域举足轻重的出版巨擘商务印书馆在《申报》上连续登载小说征稿启事，广告无疑对小说运动的发展起到了不可或缺的推波助澜的作用。1896 年的《变法通义·论幼学·说部书》，1897 年的《蒙学报·演义报合叙》、《国闻报本馆附印说部缘起》、《译印政治小说序》等文论接踵而出，是为"小说界革命"的酝酿，在传统小说领域发起革新运动。

到 1902 年这一革新旧小说的思潮到达顶峰。梁启超将最具阅读性的文学体裁——小说征用作政治思想领域的启蒙利器，详细阐释了小说之于"新民"的重要性，将小说的教化功用抬高到审美之上，小说完全成为广群智的工具。他在《译印政治小说序》中说："仅识字之人，有不读经，无有不读小说者，故六经不能教，当以小说教之；正史不能入，当以小说入之；语录不能谕，当以小说谕之；律例不能治，当以小说治之。天下通人少而愚人多，深于文学之人少而粗识之无之人多，六经虽美，不通其义，不识其字，则如明珠夜投，按剑而怒矣。孔子失马，子贡求之不得，圉人求之而得，岂子贡之智不若圉人哉？物各有群，人各有等，以龙伯大人与僬侥语，则不闻也。今中国识字人寡，深通文学之人尤寡，然则小说学之在中国，殆可增《七略》而为八，蔚四部而为五者矣。"很明显，在"新小说运动"发起者的眼中，小说是阅读面最广泛的文学体裁，因而也是宣传其政治诉求的最佳工具，而小说作为文学本身的艺术性却被忽视，这一工具理性凌驾并取代价值理性的取向直接催生了当时的"政治小说"热。仔细分析以上所列举的"小说界革命"诸多代表性论作，不难发现这些倡导变革的文章秉持的却仍是自《文心雕龙》以来一脉相传的传统文论观，作为文学样式之一的“小说”在启蒙者的眼里首先是“原道”的工具，这就直接决定了“新小说”创作的方向及思想内核始终不脱“征圣”、“宗经”，只不过“道”已变为“革新”，而执掌新小说运动的启蒙精英如梁启超成为新“圣”，他们所提倡及创作的作品如《佳人奇遇》、《新中国未来记》被拔高到“经”的地位，并期望后来者的创作实践沿着这条路一以贯之。之后则是梁启超的登高一呼，立即得到文坛热烈响应。1902 年《新小说》问世之后，专门刊载小说或以小说为重点的综合性杂志就如雨后春笋般涌现，难以计数。到 1915 年前后，小说在文坛势力极盛，以至发轫之人梁启超都深感难掌小说发展之势。这股大潮不仅是数量上的难以统计，还有内容风格上的趋俗媚俗。写情小说成为民国浩如沙海般的言情小说、艳情小说的滥觞，而其间的鱼龙混杂、良莠不齐已是早有公论；而谴责小说最终堕落成民初以耸人听闻为卖点的黑幕小说，因其无中生有、敲诈勒索而广受诟病；启蒙精英们如梁启超投入巨大热情和希冀引进中国的政治小说却又因为其脱离生活、教化生硬以及艺术审美的缺失而最终为小说市场所冷落。当初的“新民”初衷逐渐变成“娱民”，以至梁启超在《告小说家》中忧虑重重地说：“试一流览书肆，其出版物，除教科书外，什九皆小说也。手报纸而读之，除芜杂猥屑之记事外，皆小说及游戏文也。举国士大夫不悦学之结果，《三传》东阁，《论语》当薪，欧美新学，仅浅尝为口耳之具，其偶有执卷，舍小说外殆无良伴。故今日小说之势力，视十年前增加倍蓰什百，此事实之无能为讳者也。然则今后社会之命脉，操于小说家之手者泰半，抑章章明甚也。而还观今之所谓小说文学者何如？呜呼！吾安忍言！吾安忍言！其什九则诲盗与诲淫而已，或则尖酸轻薄毫无取义之游戏文也，于以煽诱举国青年子弟，使其桀黠者濡染于险诐钩距作奸犯科，而摹拟某种侦探小说中之一节目。其柔靡者浸淫于目成魂与踰墙钻穴，而自比于某种艳情小说之主人者。于是其思想习于污贱龌龊，其行谊习于邪曲放荡，其言论习于诡随尖刻。近十年来，社会风习，一落千丈，何一非所谓新小说者阶之厉？循此横流，更阅数年，中国殆不陆沉焉不止也。"面对已经全然失控的局面，与初衷背道而驰的现实，梁启超本人愤然不已："呜呼！世之自命小说家者乎？吾无以语公等，惟公等须知因果报应，为万古不磨之真理，吾侪操笔弄舌者，造福殊艰，造孽乃至易。公等若犹是好作为妖言以迎合社会，直接阬陷全国青年子弟，使堕无间地狱，而间接戕贼吾国，惟使万劫不复，则天地无私，其必将有以报公等，不报诸其身，必报诸其子孙；不报诸今世，必报诸来世。呜呼！吾多言何益？吾惟愿公等各还诉诸其天良而已。"这种诉诸因果报应的劝说也体现了梁启超本人对现实局面的无奈与无力。

值得注意的是，启蒙者之所以选定小说作为启蒙工具，正是看重了小说在民间社会，尤其是受教育程度不高的人群中良好的阅读基础，而对于阅读者将小说视为日常生活消费品一事，梁启超也有认识，他在《告小说家》中说："小说也者，恒浅易而为尽人所能解，虽富于学力者，亦常贪其不费脑力也而藉以消遣。"在将大众文化消费品征用作实现政治诉求的启蒙工具后，又要抛弃其大众文化消费品的属性，这种割裂使得"新小说"虽兴盛一时却没能走远，最终被作为消费品的小说所淹没，如果启蒙者们从一开始就正视民间社会将小说视为消费品的事实，正视被启蒙者的旨趣、品位及偏好并依此指导“新小说”的创作实践，也许结局会有所改变。

上层社会精英知识分子充满理想主义色彩的启蒙运动可谓是宗旨崇高、意义重大，然而在经过市场的选择和观念的激荡后，到达中、下层社会时的效果却是如此的不同，这个失控的事实值得后来的研究者重视。

三、民间社会的接受过程

事实上，操控文化产业的精英们往往对自己工作的后果无知。[①] 这种无知部分来自于对小说消费市场的疏远，譬如梁启超，他的人生活动轨迹是书斋——政坛——书斋，他做过官，做过革命者，做过报人，做过学者，却始终不曾进入过市井，这种精英的高姿态使得他不明白何种形式、何种题材、何种内容的小说才是作为消费者的受启蒙者的喜好。他是第一批号召行动的人，却不是精通怎样行动的人。

作为启蒙的对象，当时中国的中、下层社会有着自己的发展规律。上层社会的救亡运动以输入西学开始，以维新变法为高潮；而下层社会的启蒙运动以创办白话报刊发端，以设立阅报社，举办演讲为高潮。李孝悌先生在《晚清下层社会的启蒙运动》一书中，征引当时的一项数据说：“在十八、十九世纪

① 参见[美] 斯坦利·巴兰、丹尼斯·戴维斯：《大众传播理论——基础、争鸣与未来》，曹书乐译，清华大学出版社 2004 年版，第 328 页。

时，中国人粗通文字者，男性大约有百分之三十到四十五，女性则约百分之二到十。”[①]比起精英知识分子们那些议论抽象、叙事宏大、逻辑性强的纲领性文论，中、下层社会的芸芸民众更乐于也更易于从作为大众媒介的市民报刊上获得具体生动的小说内容，两者之间存在着巨大的“知识沟”。从小说运动的潮起潮落以及近代报刊广告所折射的小说运动轨迹来看，启蒙者们并不真正了解被启蒙的大多数人，他们在小说运动的诸多纲领性文论中痛陈了旧小说之弊，宣扬了新小说在开启民智、革新社会方面的作用，然而在他们的论著中被启蒙者却成为失语的群氓，他们的诉求无人提及。从这个角度说，启蒙者自己建构了被启蒙者并按照这种建构进行创作实践，显然这种对被启蒙群体特质的忽视削弱了启蒙的效果。事实证明，无论是译介而来的《经国美谈》、《佳人奇遇》，还是本土创作的《新纪元》、《新中国未来记》，均未成为畅销小说。

美国社会学家J. 克拉珀在他的著作《大众传播的效果》中提出了传播学著名的“选择性定律”，他认为受众在接受信息的时候存在：(1) 选择性接受(或注意)，人们总是愿意接受或注意那些与自己固有观念相一致或者自己需要关心的信息；(2) 选择性理解，由于受到人们固有态度和信仰的制约，对于同一个信息，不同的人可能会有不同的理解；(3) 选择性记忆，受传者只会用心记忆自己感兴趣的传播内容，容易忘记自己不感兴趣的部分。被启蒙者同时作为受众所表现出来的

① 李孝悌：《晚清下层社会的启蒙运动(1901—1911)》，河北教育出版社 2001 版，第 24 页。

"选择性"不容忽视，正是这一倾向的客观存在使得他们最先接触并接受的，是和自己内在的思想、情感、喜好、知识准备最为接近的信息。[①] 美国学者赛弗林和坦卡特在《传播理论：起源、方法与应用》一书中提出了关于传播的"适度效果论"，并在书中概述了受众对于媒介的"使用和满足"研究。该研究认为，受众在整个传播过程中的地位并非被动的，实际上受众总是主动选择自己所偏爱的或所需要的媒介内容和信息，而且不同的受众还可以通过同一媒介信息来满足不同的需要，并达到不同的目的。[②] "使用与满足"研究对受众接受、使用信息的解读显然具有合理性，作为受众及启蒙对象的小说阅读公众有自己的群体特征及诉求，并非精英话语体系中失语的被启蒙者，而精英竭力鼓吹的观念，在实际传播过程中，也并非是"超强效果论"相信的那般，如"子弹"和"皮下注射"[③]，无往不胜，无坚不摧。将近代小说运动作为一个动态的传播过程来考察，作为信源的精英，作为新观念载体的新小说，作为信道的近代报刊，作为信宿的普通民众，大致可以用一个简单的传播模式来描绘：[④]

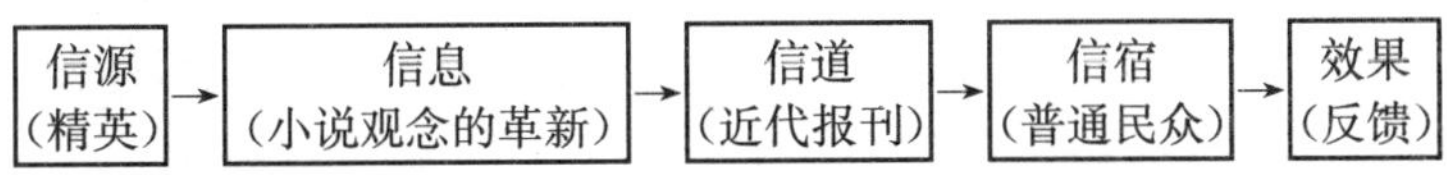

新小说观念的传播是个过程，从信息的发射到接收需要时间。而近代中国思想文化的变革是在革新和保守势力的咬

---

① 参见郭庆光：《传播学教程》，中国人民大学出版社 1999 年版，第 197 页。
② 同上书，第 193 页。
③ 同上。
④ 同上。

合中进行的，借鉴哈贝马斯的理论，近代报刊作为当时的“批判性公共空间”，是诸种势力的意见集会地，对于新小说观念的传播来说，不同意见在同一公共空间的出现，就如同信息传播中噪音的存在，势必会对信宿的接受效果产生负面影响。而作为信宿的普通民众，是在旧小说和清朝官方意识形态程朱理学浸淫中成长起来的，正如前文所论述的，特定的文化传统及意识形态背景就是他们对传播信息进行选择的内在依据，对于新观念的观望、好奇、抗拒以及选择性接受，又滞后了新小说运动的起效时间。广告是朝向市场的，小说广告所反映出的社会现实与正统文学史叙事的不一致，很大程度上折射的就是普通民众与启蒙精英之间因为认知差距而最终导致的行动不一致；而从广告出发研究近代小说运动，正是对传统范式的突破，是对当时社会的考察。出现在报刊上的诸多小说广告，某种程度上来说，可以视为被启蒙者的选择。

第二章
近代《申报》与小说广告的关联

一、为什么选择《申报》

这个问题对后文即将展开的论述至关重要，因为它关系到研究样本的合理性。事实上，除了《申报》，晚清时期上海出版的其他报刊如《时报》、《神州日报》、《新闻报》等都刊载了数量众多的小说；本研究之所以选取《申报》刊载的近代小说广告作为研究样本，看重的是《申报》与近代小说之间的密切关联（图1）。

不同定位的出版物有着不同的编辑方针，而后者也直接导致了出版物的思想、内容及格调差异。《申报》是资本主义印刷业大潮席卷下中国出现的第一份完全市场化的大众传媒，它突破了中国人传统观念中文化出版服务于政治教化的最高功利，其创始人美查直言创办报纸的初衷即为赢利，率先在报业经营领域作了范例。稍后的报人兼小说家李伯元在《游戏报》上说："昔吾闻西人美查君之创《申报》也，其时中国阅报之风未启，美查君艰难辛苦，百折不回。迄今报馆纷开，

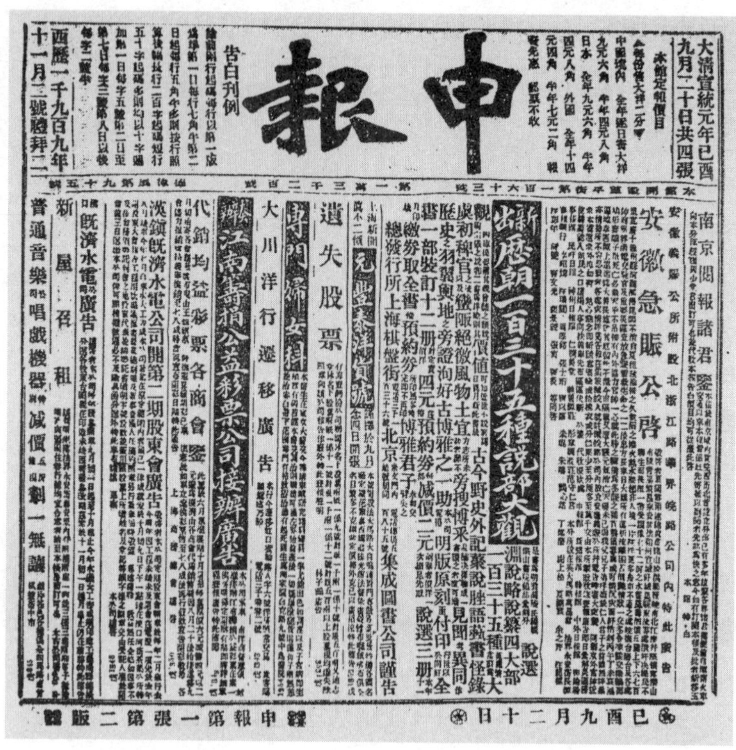

大清宣統元年己酉九月二十日共四張

申報

告白刊例

西歷一千九百九年十一月三號禮拜二

南京閱報諸君鑒

安徽急賑公啓

新歷朝一百三十五種說部大觀

遺失股票

大川洋行遷移廣告

代銷均益彩票各商會鑒

江南籌捐公益彩票公司接辦廣告

漢鎮既濟水電公司開第二期股東會廣告

既濟水電廣告

新屋召租

普通音樂唱戲機器減價

己酉九月二十日

申報第一張第二版

图 1 《历朝一百三十五种说部大观》广告(《申报》1909 年 11 月 2 日)

人知购阅,皆君所贻也。”从同治初年来华,到创办《申报》,美查对中国诗文取士的科举制度非常谙熟,深知文学作为消费品,在中国有极其广泛的市场。在创刊的次年初,该报即在头版以《新译英国小说》为题,刊出新闻,拟在一年内,在副刊“瀛寰琐记”上连载英国小说《昕夕闲谈》,开近代报刊长篇连载小说的先河。[①] 1877 年 11 月 21 日出版的《申报》刊登了题为

① 参见程丽红:《安纳斯脱·美查与中国近代报业史》,《长春大学学报》第 15 卷第 5 期(2005 年 10 月)。

《有图求说出售》的广告，公开征集"看图作文"，这是《申报》首次公开刊载小说征文广告。时隔18年后"时新小说"倡导者傅兰雅在《申报》刊登著名的小说征文广告——《求著时新小说启》，这一广告获得良好回应，共收作品162部。[①] 除此之外，《申报》的翻译小说刊载从《谈瀛小录》起几十年间连续不断，刊载笔记小说如《松荫庵漫录》等，创办文艺副刊"瀛寰琐记"，开办图书出版机构申昌书局、点石斋、图书集成局出版小说，刊载提倡小说的言论如《答客问本报附刊小说》、《小说界评论及意见》等。[②]

《申报》的这些举措正面回应了近代小说运动并且使之得以延续，毫不夸张地说，《申报》先于启蒙精英们的专业性小说刊物，率先在中国召唤起一个小说的阅读群体，并且培养了消费小说的观念。作为消费社会中的市场化媒介，《申报》将这些自己召唤起来的受众阶层潜移默化地替换为潜在消费阶层出卖给广告商，这就解释了在近代传媒发轫期，作为新兴媒介手段的小说广告为什么会从一个很早的时间节点出发，几十年不间断且成规模地出现在《申报》上。近代《申报》与小说广告具有高度的关联性，这不仅表现在信息载体这一身份上，《申报》还扮演了小说市场的开拓者角色。随着发行量几十年间的节节攀升，刊载其上的小说广告的潜在消费群数字也不断增加，两者的共谋关系从晚清贯穿至民国，这是当时任何一份小说刊物所无法比拟的。鉴于这种稳定且持续的关联效

---

① 参见潘建国：《由〈申报〉所刊三则小说征文启事看晚清小说观念的演进》，《明清小说研究》，2001年第1期。

② 同上。

应，选择《申报》作为研究文本，比小说运动中风起云涌、热闹一时的专业性小说刊物能够更全面、更真实地反映近代小说运动的轨迹。

二、《申报》近代发展史

1. 美查时期——初创期

《申报》的发展是同西方文化在上海的强势登陆同步的，报纸的创办人是当时寓居上海的英国商人美查。美查经营《申报》，是基于在一个方兴未艾的行业的抢滩行为，因而一开始就明确表示将营利放在首位，没有当时政党报纸和教会报纸的政治诉求和使命感，争取读者、扩大发行是《申报》的最大追求，因此在报纸的编辑方针上最大程度地倾向于受众的阅读兴趣和消费要求。戈公振在《中国报学史》中有记载："当时报馆广告每五十字起码，每日取费二百五十文，每加十字加费五十文。报费每月一结，未卖去者可以退还……报馆经济之维持，惟赖此耳。"①作为中国第一个真正意义上的媒介经营者，美查很重视报纸的广告和发行，在那个小说阅读市场逐步打开的年代，招揽小说广告无疑成为报纸经营的赢利点之一。

初创时，对于当时上海的一般市民来说，近代形态的大众传媒仍然是一种新事物而不被熟识，读报也没有成为一种被社会广泛认同的行为。为了追求利益最大化，美查开始了对《申报》的大众化改造，站在公正的立场以客观的态度报道当

---

① 戈公振：《中国报学史》，上海古籍出版社 2003 年版，第 126 页。

时社会最为关注的新闻,发表有利于国家民族的言论,使之成为当时上海报纸中最受欢迎之一。

2. 产权变更期——徘徊期

1889 年,美查将产权变卖套现回国,直到 1912 年归史量才所有,《申报》进入了产权变更的时代。其间因为接盘的席子佩经营不善,执掌编辑的黄协埙陈腐保守,23 年间《申报》自身发展停滞不前。而这一时期正是中国近代民营报刊创办高潮,在激烈的竞争中,《申报》的市场份额萎缩,销量下降,其影响力也大为降低。作为信息载体的这一不利形势,自然也对所刊载的广告的效果产生不利影响。

3. 史量才时期——上升期

1912 年,《申报》进入史量才时期,并迅速达到了其发展的巅峰时期,改革编务,重视广告,改进印刷。1913 年史量才聘请张竹平为经理兼营业部主任。张竹平对报业经营素有研究,首先对《申报》广告经营进行改革,设立广告推销科,科内设外勤和广告设计。外勤负责向广告主宣讲广告的作用以及《申报》广告的优势,广告设计聘请画家和专业设计人员,根据商品性质和潜在消费阶层的特点设计引人注目的广告。这一举措效果显著,到 1915 年 4 月,广告所占版面超过新闻和副刊的总和。[①] 为了扩大一度停滞的发行量,张竹平大力拓展外埠市场,利用火车、汽车、轮船等新兴交通工具的便捷和高

---

① 参见黄瑚:《中国新闻事业发展史》,复旦大学出版社 2004 年版,第 116 页。

速，大力提高报纸的时效性与新鲜度，同时通过邮局和代办处等机构发展外埠的机关、团体、工厂、商店等，组成庞大的有机发行网，扩大发行渠道，增加报纸的日流通量。

三、《申报》广告的传播效果研究

《申报》发行量方面，1875 年为 1 200 份，1876 年为 2 000 份，1877 年为 5 000 份；此后 20 多年增长不显著，1912 年为 7 000份，1916 年为 14 000 份，1917 年这一数字上升为 20 000 份。① 广告主选择《申报》刊登产品广告，大多看中的是《申报》与市场的关联，《申报》自创刊起就是一份完全面向市场的大众传媒，发行量是报纸最关心的数据，而广告额则是报纸赢利的又一利器，这完全是商业媒介的运作模式。首先，有准确的目标受众阶层——市民阶层；其次明确自身的媒介性质，尤其在广告方面，为消费者和生产者搭起一道桥梁，知道消费阶层需要什么，知道如何通过广告传播信息，建立一种消费模式并最终实现受众的行为改变。能够说服消费者是广告主看中《申报》的最主要原因。

广告传播效果的考量方面，清末民初的中国社会正处在现代性的萌发阶段，而现代传播学在 20 世纪 20 年代才于西方正式成为独立学科，中国的传播学引进与发展则更延后至 80 年代。目前尚没有具体且系统的数据统计及定量、定性分析，对于当时广告效果的反馈只散见于时人的相关回忆性文

---

① 参见宋军：《申报的兴衰》，上海社会科学院出版社 1996 年版，第 103 页。

章，且叙述感性，数字模糊，信度、精度无法保证。鉴于此，本研究的相关部分将引入传播与社会的宽泛研究，力求在社会学层面上进行《申报》广告传播效果的探测。

现代资本主义的传媒产业在中国发生、发展的根基是近代中国市民社会的建立，市民社会不仅是资本时代传媒业的商品消费者，也是媒介信息的流通地。根据许纪霖教授的研究，近代中国存在着“近代地方性士绅与城市的管理型公共领域的关系”以及“现代全国性知识分子与都市批判型公共领域的关系”，“公共空间的场景不是咖啡馆、酒吧、沙龙，而是报纸、学会和学校”。[①] 在“管理型公共领域”中，具有前工业社会特色的人际传播在信息流通占据主导，地方性乡绅扮演了“意见领袖”[②]的角色。在这个“二级传播”的模式中，他们既是现代社会大众传播环节中“信息流”的终端之一，也是各自地方性威权区域中“影响流”的起点。这个多级传播的过程大致可以用如下的简单图示：

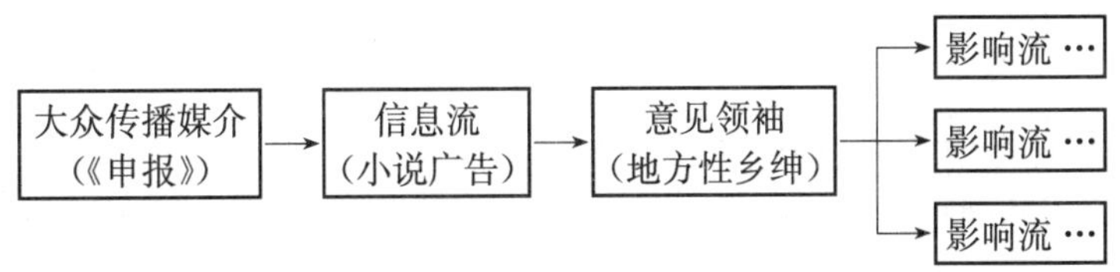

统计数据显示的《申报》的发行量，也可视为信息流的终端数字。随着发行区域从现代都市向乡村拓展，这些终端中

① 王儒年：《欲望的想象——1920—1930年代〈申报〉广告的文化史》，上海人民出版社2007年版，第9页。

② 郭庆光：《传播学教程》，中国人民大学出版社1999年版，第196页。

包含着越来越多的"意见领袖",他们就好像信息传播过程的中继器,信息经由他们的中转和分配处理后产生一定程度的变形,并且以新的内容继续呈放射状传递下去。这些"意见领袖"在传播过程中无疑起到了放大器的效果,《申报》小说广告的传播过程亦然。

信息在"批判性公共领域"中的传播呈现出典型的大众传播时代的特征,无序而多源的信息从不同的信道进入同一公共空间,一片众声喧哗中,有赞同的附和,有否定的批判,也有观望和迟疑。无论哪种声音,夹杂在一起互相影响,彼此加强,产生声波叠加的效果。19 世纪末的《申报》就曾在一个相对集中的时间内,既刊载《劝灭淫书》的意见广告①,又发布艳情小说的广告,两则不对称信息必定会激起受众的好奇心。

除了考察作为信宿的受众,广告本身的质量也是影响传播效果的重要因素。依照结构主义的观点,广告可以被看作由符号的能指和表征的所指构成,广告生产的过程即是符号被组织到传达意义的系统中。根据这一思路,G. 代尔将广告分为"信息的"、"简单的"、"复合的"、"复杂的"和"巧妙娴熟的"五种类型。② 信息广告的特征是短小精悍,但对商品的基本信息阐释较少;简单广告则包含了对特定产品和服务相对精确、详细的信息,在一定程度上起到鼓励消费的作用;复合广告包含更多的刺激性因素,比如用图画增强说服效果,事实可能包含在伴随广告的副本中,广告意在为受众建起一道从

① 参见[清]也杞忧人:《申报》,1893 年 10 月 23 日。

② 参见[美]阿雷恩·鲍尔德温等:《文化研究导论》,陶东风等译,高等教育出版社 2004 年版,第 55 页。

商品通往图画意象的桥梁；在复杂广告中，背景比商品本身更为突出，通过广告很难直接判断出售的到底是什么，整个意象营造传达的是有关身份、财富、权力的信息；巧妙娴熟的广告实现了对复杂广告的超越，它的终极目的是号召受众潜在的感情，产生强烈的心理感召力，有时这种力量会站在理性的对立面，使之无能为力。通过对长达44年的《申报》小说广告的梳理，发现作为近代最早出现的广告类型之一，小说广告本身也经历了从简单到复杂的漫长发展。说漫长是在截取的研究年限内，大部分小说广告在技术上都隶属“简单”范畴。1913年《中华小说界》创刊广告是《申报》刊载的第一个有图画的小说广告，从“简单”到“复合”，《申报》小说广告在编码的复杂性上变化不大。而这对当代的解码非常有利，使得当下正在进行的本研究能够透过将近100年的区隔，准确地解读小说广告中的社会变迁。但这并不意味着小说广告可以当成研究近代文学与社会相互关联的信史，根据麦克卢汉“媒介即信息”的假说，以大众传媒性质出现的近代报纸传递的是传播新技术在近代的登场，小说广告显然就是借助了这一新技术实现了“信息消费之信息：即对世界进行剪辑、戏剧化和曲解的信息以及把信息当成商品一样进行赋值的信息、对作为符号的内容进行颂扬的信息。简而言之，就是一种包装和曲解的功能”。①

这一可能提示我们，必须注意挖掘小说广告背后隐藏的

① [法] 让·鲍德里亚：《消费社会》，刘成富、全志刚译，南京大学出版社2008年版，第113页。

"话语|权力|资本"关系。小说广告对于近代小说的生产与销售无疑起到了很好的推动作用。虽然目前并没有针对当时小说广告个案的传播效果分析及具体数字支持,但这并不妨碍本研究从另一侧面得出这一结论。在本研究截取的时间段内,小说广告的品种迅速增加,从最初的神怪小说、公案侠义小说到后来的历史小说、科幻小说、侦探小说、言情小说、社会小说,小说品种的丰富与小说消费群的迅速扩大休戚相关,而小说广告无疑是小说消费群体获得消费产品信息的最重要渠道,近代《申报》上小说广告的品种与数量呈现正相关比例,借助广告这一有效的信息获取载体,读小说的人多了,小说市场的产品供应量也相应增加。日本学者樽本照雄在《新编增补清末民初小说目录》中共收录清末民初小说数目达 16 014 种,其中创作小说 11 040 种,翻译小说 4 974 种;从时代的角度划分,民国时期的小说占了绝大部分,清末的小说仅 2 632 种。[①] 小说创作的高产显然是受到了来自小说消费市场的刺激,作为从生产到消费的中介,小说广告功不可没。

① 参见[日] 樽本照雄:《新编增补清末民初小说目录》,齐鲁书社 2002 年版。

第三章
历史政治视野下的小说广告文本分析

按照阿尔都塞的意识形态理论划分,《申报》属于“传播型国家意识形态机器”,即便是刊载其上的小说广告传播的也不仅是消费信息,还折射出社会意识形态的变迁过程,文字及图像符号背后包蕴着丰富的社会文化意义。

一、1872—1899:思变与压制并存

纵观这一时期的小说广告,在题材上以忠孝侠义为基调,在体裁上出现了现实主义的倾向,但是贯穿广告话语的,是种“向后看”的叙事策略,而这正是前工业社会停滞不前的时空观的重要表现。需要指出的是,“向后看”的言说策略中包含着思变的潜流,但是变通的道路却是“法古”,从封建中国的历史中寻找变革的资源,将力挽狂澜的希望寄托在秉承儒家道统的士大夫身上。这就解释了为什么曾经的禁书可以堂而皇之地登上大众传媒以广告的形式大肆推销,帝国政府正在为濒于危亡的统治作最后的挽救,只不过所有的调整与变化都是在晚清政权统治的框架内进行的。

1. 官方的调整与民间的质疑

自 1840 年鸦片战争起，清政府中央政权进入了全面的溃败时期，代表新兴资本主义生产力的西方国家在中国本土的扩张不可遏制。而这一时期文学发展史上最引人注目的就是公案与侠义小说的合流。不应将这种合流仅仅视为文学领域内的一般发展，而是特定历史条件下社会文化双重作用的产物。“这类新型小说的出现，契合了当时大众的文化心理，反映了他们的焦虑和愿望，满足了他们的心理诉求，包括思想观念，文学意识、审美趣味、接受心理等”，“同时它又是民间艺人和书坊主商业运作的直接产物”。① 本节的研究将尝试从意识形态的角度出发，拨开在市场需求背后统治阶层官方意识形态的微妙调整与民间对政权合法性的辗转质疑。

清官崇拜是公案侠义小说的特征之一，统治国家的皇权已是不可靠，希望就寄托在名臣的身上。1891 年 7 月 8 日在《申报》头版右侧位置出现了小说广告《新印左文襄奏议绣像三国演义出售》，彼时的阅读习惯是从右往左竖行阅读，而广告出现的位置正是报纸的视觉中心。“夫文襄公，中兴硕辅，奇才伟略，并世无双。其条陈赭寇之披猖，敷奏官军之犀利，老谋胜算，实堪媲美武侯”，“盖原本正史，义正词严，扶正统而斥奸雄，足令人心目俱快”。1893 年 10 月 3 日，在同样版位刊登开印《彭公案》广告（图 2），“彭公案系国朝之人之事，其中

① 苗怀明：《中国古代公案小说史论》，南京大学出版社 2005 年版，第 93～94 页。

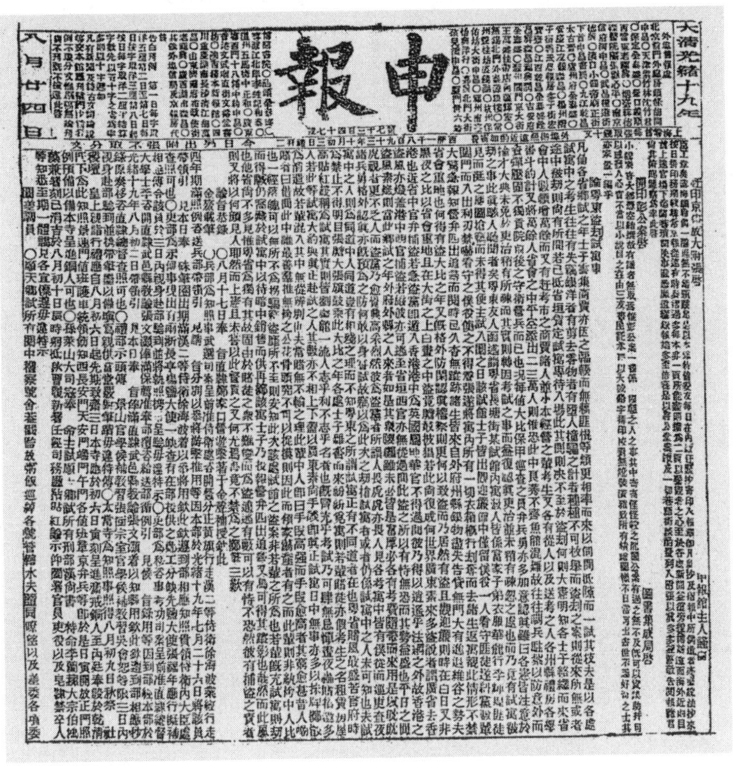

申報

图 2 《彭公案》广告(《申报》1893 年 10 月 3 日)

奇奇怪怪较之《龙图公案》有过之无不及,既可资谈助,并可以感发人心”。1894 年 5 月 3 日在同样版位刊登了新印《大红袍》告成的广告(图 3),描述的是明代著名清官海瑞的事迹;9 月 11 日在报纸的视觉中心刊登《绘图后施公案》出售的广告,“延请海内名士搜辑施公轶事,凡名臣传、方略、实录,无不搜罗殆尽”。1896 年 3 月 1 日刊登的石印《绘图清侠记》广告突出的卖点是中兴四名臣镇压捻军的事迹,9 月 15 日在报纸头版视觉中心位置刊载《东周列国》出售,广告强调“与《三国》、

大清光緒二十年

申報

三月廿八日

图 3 《大红袍》广告(《申报》1894 年 5 月 3 日)

《水浒》并驾齐驱，虽稗官野史，阅之亦可知国运之兴衰，人才之消长，事事归实，与正史无异”；1895 年 5 月 27 日《申报》在头版二条位置刊载了《重校绘图精忠说岳全传》的广告：“是书所述岳爷之忠、秦桧之奸、兀术之横、王氏之毒，无不活现纸上”。“忠奸对立”的叙事模式是这类小说广告的中心话语策略之一。圣主既不可求，忠臣济国于乱世的模式在中国素有传统，广告创作者很了解当时士人的这种心态，忠臣故事成为小说广告的一大特色。

粗略统计后不难发现，这些小说广告都采用了名人轶事的话语策略，无论镇压捻军的中兴四名臣，堪比青天的彭公、海瑞，还是朝廷砥柱的施公，这些广告着力筛选重点放大的要素，在民族成分上几乎全是汉族，在社会属性上全是尊崇儒家的士大夫。满族自关外依靠强权武力以少数人口和近乎原始的文化，对多数人口和先进文化实行专制，思想文化领域的钳制尤其严苛。清代汉学与宋学之兴就源于政府剥夺士人阶层参政预政的权力，士人阶层被剥夺干预国家政权的话语权，被迫放弃"治国平天下"的儒家正统，转而将个人精力投入治学，从务实转向务虚。正是这一文化上的专制扼杀了帝国发展的活跃因子，严重滞后了社会发展进程。从小说广告话语策略出发，研究晚清帝国和政府在困境中的自我调整，是一种精度较高的考察方法。痛则思变，晚清政府在内外交困中开始酝酿应对之策。清政府虽然直到"预备立宪"时期才正式制定、颁布《大清报律》，这不等于说在此之前统治政权对于势不可挡的印刷资本主义浪潮疏于防范；相反，清政府自统治初期就在《大清律例》中对民间印刷进行了极为苛刻的限定："凡坊肆买卖一应淫词小说，在内交于八旗都统、监察院、顺天府，在外交督抚等，转行所属官弁严禁，务搜版书，尽行销毁。"①此外，各地方性的禁书运动在有清一朝也是贯穿始终，此起彼伏。面对全国办报的汹涌之势，清政府首先想到的仍然是控制与限制。因此，小说广告中大肆宣传的汉族士大夫的挽狂澜于既

① 王利器：《元明清三代禁毁小说戏曲史料》，上海古籍出版社 1981 年版，第 21 页。

倒、扶社稷于将倾的英雄群像，不仅是衰世中国人对于国家命运的救世主的想象，也在一定程度上得到了统治政权的允许。

清代自开国起就以宋明理学为官方意识形态，著名清史专家孟森也认为清代自康熙起就尊程朱、崇正之学，以儒学开一代风气。[①] 但是被清政府引为官方意识形态的程朱理学显然是经过严格甄别和阉割的，钱穆对此有言："清代虽外面推尊朱子，但对程朱学中主要的'秀才教'精神则极端排斥。"[②] 钱先生认为，以天下为己任是宋明学者的唯一精神寄托。朱维铮教授则直言程朱理学并非为满清统治者真正信仰，"提倡理学只是作为一种统治术，一种把'以夷制夷'的传统策略反向运用的'以汉制汉'的特殊手段"。[③] 由此可见，清代前、中期的官方意识形态中，要求士大夫在"修身、齐家"的桎梏内不得逾越，而儒家一直倡导的"治国平天下"的抱负则被视为越轨。嘉道年间的危机四伏，迫使有识之士开始反思，寻找社会危机产生的原因及解决方法，在清前期被统治阶层阉割的程朱理学重要思想——"经世"，重又得到官方推崇。"经世"一词在中国文化史上的含义至少包含如下三层意蕴：(1) 积极入世，直面社会人生，反对避世、逃世。这是"经世"观念的出发点，也是经世主义的基石和核心。(2) 以政治为人生本位，追求经邦治国、建功立业。以"治国平天下"为人生价值的实现路径和表现手段。(3) 注重经世之学的研讨和实践。"经世之学"包括"治体"和"治法"两个层面，所谓"治体"即经世的

---

① 参见孟森：《清史讲义》，浙江人民出版社 1998 年版，第 182 页。
② 钱穆：《国史大纲》(下册)，商务印书馆 1996 年版，第 861 页。
③ 朱维铮：《中国经学史十讲》，复旦大学出版社 2002 年版，第 56 页。

指导思想和基本原则，所谓“治法”即在“治体”指导下的各种具体的治国治人之法。[①] 政权飘摇迫使清政府调整其官方意识形态，如果说清前期的官方意识形态强调的是对现有秩序的无条件服从，禁止臣民议论统治阶层得失，将儒家的训条严格压缩在“修身、齐家”之内，作为对当时政治与社会现实的反思结果，自咸同起兴起的经世思想追求的则是治国平天下的抱负与实践。值得重视的是，这股“经世”之风已经不仅仅是士人阶层内部的思想流变，更得到了统治阶层的认可与鼓励，进而成为主流意识形态在整个晚清帝国广泛传播开来。在这种社会背景下，“经世”名臣扮演了《申报》小说广告中的“英雄”角色。《新印左文襄奏议绣像三国演义出售》的广告给左宗棠镀上“夫文襄公中兴硕辅，奇才伟略，并世无双”的光环，《绘图清侠记》广告中的主人公曾国藩、左宗棠、李鸿章、胡林翼则是咸同年间著名的“经世大臣”，士人阶层怀着治国平天下的抱负强势介入国家政治的经世实践，得到了来自官方与民间社会的一致肯定。彭公、施公的传奇自清后期起就在民间社会广为流传，小说广告通过“神化”般的夸张，塑造出有责任、有良知、积极入世的士人群像。《大红袍》的小说广告叫卖的虽然是前朝的人和事，但嘉靖名臣海瑞早在明代就已经被民间文学神化成青天的形象，海瑞作为士人入仕，以积极的姿态干预政治，内惩贪腐、外抗侵略，这种广告话语策略已经无关明史上真实的海瑞如何，在小说广告中的他和清朝的曾国藩、左宗棠的形

---

① 参见冯天瑜、黄长义：《晚清经世实学》，上海社会科学院出版社 2002 年版，第 3 页。

象是一致的，即儒家修齐治平思想的具体代表。

从将士人的言行举止严格限定在修身、齐家、不闻朝政，到将治国、平天下重新引入官方意识形态，晚清的官方意识形态在宋明理学的框架内发生了微妙的变化，而经世思想本来就是程朱理学的应有之义，小说广告折射出当时的官方意识形态应当是"理学经世"。[①] 作为应对社会危机的有效手段，晚清统治阶层抬高程朱理学的地位，并释放了长期以来一直遭压抑的"治国平天下"，给有政治抱负的汉族士人阶层一定的实践空间，以充分发挥理学的政治功用，这一调整有效地增强了王权的向心力，缓解了满族统治政权与汉族实权派知识精英的紧张关系。

随着晚清政府的影响力、控制力在消退，所出现的社会权力真空亟需被各种势力填补，民间社会的影响力随之加强。在这种社会大趋势下，侠客崇拜理所当然地成为此类小说的又一显著特征。中国传统民间社会的道德伦理和裁判规则可以归结为侠义，《史记・游侠列传》记载："今游侠，其行虽不轨于正义，然其言必信，其行必果，已诺必诚，不爱其躯，赴士之厄困，既已存亡死矣，而不矜其能，羞阀其德。"[②]这里的"正义"可视为指政府统治。游侠对社会秩序有自己的裁判价值和系统，侠的出现在一定程度可以视为在国家权力方面"个人——统治政权"的对立。从媒介的"使用与满足"来考察，特定阶层对特定种类的媒介的使用，是源自心理上的某种需求。

---

① 白文刚：《应变与困境——清末新政时期的意识形态控制》，中国传媒大学出版社 2008 年版，第 44 页。

② 曹亦冰：《侠义小说史话》，辽宁教育出版社 2000 年版，第 1 页。

下层社会通过口语和文字媒介获取侠义小说的故事内容，以获得分享国家权力，参与国家事务的心理满足，通过消费书中侠客和蒙冤者的“保护、被保护”关系，在想象中消解了个人在现实社会中所受的不公正，并为弱者建构起被保护的意象，这种意象跨越了现实与幻想的界限，让身处弱势的人们相信正义总会来临。正如马克思在《路易·波拿巴的雾月十八日》中所说：“弱者总是靠相信奇迹的解放，以为只要能在自己的想象中驱除了敌人就算打败了敌人。”[①]政权的中兴倚重名臣，民间的秩序依靠侠义，侠义公案小说“大旨在揄扬勇侠，赞美粗豪，然又必不背于忠义”[②]。公案和侠义小说在清代合流，为深处极权压制和腐败统治下的平民百姓支撑起一个寻求慰藉的空间。黄人在《小说林》第一卷的《小说小话》中说“或为侠义小说之所为侠义者，皆理想而非事实”，这一时期的小说广告内容做了印证。

晚清侠义公案小说勃兴的源流可追溯到《龙图公案》，通过说唱艺人石玉昆以口语传播的方式在民间社会兴起了一股热潮，仅此一书就衍生出《龙图耳录》、《三侠五义》、《七侠五义》等以此为母题的小说。石庵在《忏怼室随笔》中说：“自《七侠五义》一书出现后，世之效颦者不下百十种，《小五义》也，《续小五义》也，再续、三续、四续《小五义》也。更有《施公案》、《彭公案》、《济公》、《海公案》，亦再续、重续、三续、四续之不止……余初窃不解世何忽来此许多笔墨也，后友人告余，凡此

① 转引自萧宿荣：《施公案河彭公案》，辽宁教育出版社 2000 年版，第 48 页。
② 曹亦冰：《侠义小说史话》，辽宁教育出版社 2000 年版，第 111 页。

等书，由海上书伧觅蝇头之利，特倩稍识之无者编成此等书籍，以广销路。盖此等书籍最易于取悦于下等社会，稍改名字，即又成一书。”这段回忆录的内容有力地佐证了下层社会民众通过消费此类小说获得心灵按摩的效果，而这类小说的大量出现则是出版商追逐消费阶层旨趣的结果，小说广告的创作风向标作用一览无余。

1891 年 7 月 25 日《申报》头版头条刊载《新印续小五义出售》声称：“是书所叙忠义侠烈之事，大都可惊可愕，可泣可歌”，1892 年 5 月 6 日重印《续小五义》的广告（图 4）宣扬：“《续小五义》一书，为有目所共赏，寰海风行，不胫而走。”侠义小说在晚清的市场大开，追究其根本，是统治政权瘫软无力导致社会失序，下层社会民众无法向合法政权寻求正义与保护，只能将目光转向社会自决，而此类小说侠义为重的裁判规则很得民间社会的认同。这一时期还出现了开印《小八义》、绘图《隋唐演义》等小说广告。1893 年 10 月 30 日刊载的《石印绘图剑侠奇中奇传》广告突出：“是书写壮士之襟怀描老奴之忠悃”，1893 年 6 月 6 日刊登的石印《绘图珍珠塔传》中称：“虽为传奇，然忠孝节义之发明也，始而因贫投亲，继则因义赠塔，老仆登程不忘豢养之恩，小婢抱病极尽当时之义”，甚至连《绘图侠义风月传》这样的才子佳人小说都要和侠义扯上关系，“详载风月，描摹贞烈，虽属才子佳人，实皆义侠”。1893 年 5 月 7 日刊载的《新出石印绘图梦中缘》广告宣称该书：“不失其忠子，不失其孝女，不失其节仆，不失其义将，喜怒哀乐，世态人情，曲曲穷来，奕奕有致。”言情与侠义这两种看似风马牛不相及的事物竟然能被广告

大清光緒十八年

申報

四月初十日

图 4 《续小五义》广告(《申报》1892 年 5 月 6 日)

主捏合到一条小说广告中,这种牵强附会的背后更加证明了侠义小说在晚清市场的畅销程度。

"侠士与奸雄"的两元对立模式是这类小说广告最常采用的宣传策略,1894 年 9 月 1 日刊载的《新印绘图续永庆升平告成》(图 5)广告词为:"历叙侠士之行踪、名臣之规划与夫豪强土寇势利人情,无不宛转如生。"1895 年 12 月 27 日《绘图碧玉环》的广告中将"侠义忠勇、文士风流、闺媛艳丽、奸徒报应"进行对比以吸引阅读。1895 年 11 月 15 日刊载的《新出绘图蜃

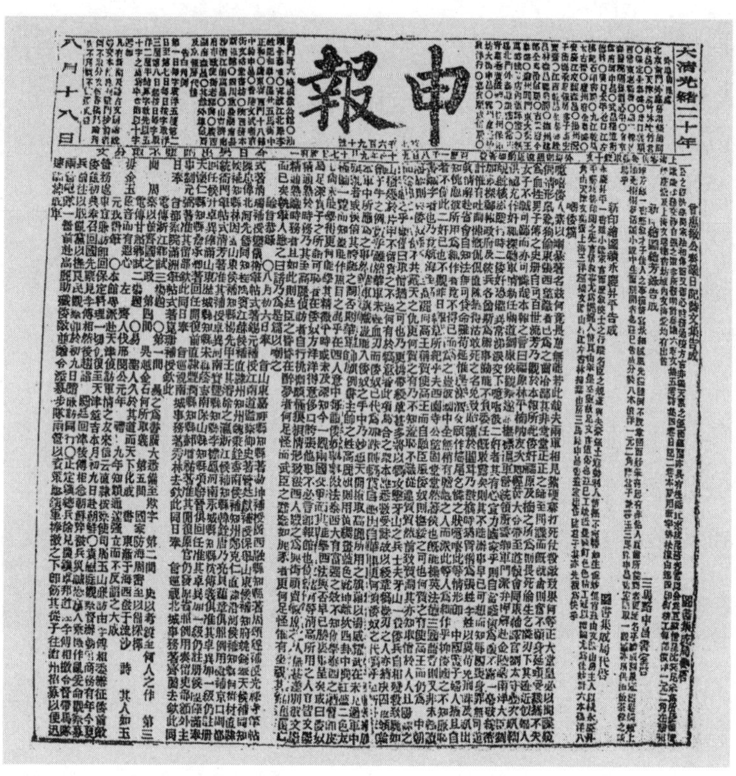

大清光緒二十年

申報

八月十八日

新印繪圖續永慶升平告成

图 5 《续永庆升平》广告(《申报》1894 年 9 月 1 日)

楼外史》概述该书:“大旨假前明岛寇内犯事为端,拨古征今,标新领异,其中如严嵩父子及赵文华等之权奸误国,沈楚材、张文龙、杨德明、杜枫桥等之侠义扶危”。1895 年 4 月 24 日刊载的《绘图英雄奇录》的广告用工整对仗的话语将英雄和奸党进行对比:“写英雄之激烈,不惜捐身以救人,若奸党之倾邪,卒之亡家而灭族”。1895 年 7 月 11 日,《申报》头版头条刊载近代小说史上著名的侠义小说《新出绘图英雄小八义》广告采用的也是同一话语策略:“是书时而写侠士心肠,时而状奸雄面目”。广告的高度“模式化”贯穿了《申报》刊载的近代小说广告，这一方面证明市场对于该种广告策略的高度接受，另一方面也导致了小说广告内容的单调与雷同；对内容不同的小说进行模式化的宣传推广，这也印证了绪论部分所说的广告从来不是信史，而是根据消费市场的心理需求对商品进行营销策划的手段。

此类小说广告或概述小说故事，或点评小说思想，入目而来皆是“侠义”。这些小说是否真的隶属侠义公案一门并不重要，重要的是“侠义”的泛滥折射出此类小说的市场号召力。诚如李孝悌先生的研究所示，说唱艺术对清末下层社会具有重要影响力，著名的公案小说《施公案》、《彭公案》，侠义小说《三侠五义》、《小五义》都脱胎自民间说唱。[①] 鲁迅在《中国小说史略》中将清末的公案侠义小说形象描述为“为市井细民写心”[②]，准确道出这一类型小说大量生产的原因。值得注意的是，不能将侠义公案小说占据晚清的阅读市场简单解读为是弱者在承认当前统治合法性框架内的消极逃避，它更孕育着变革的渴望。侠士与清官的结盟对抗的是统治霸权，王德威教授认为侠和官在小说中的合流，体现的是“这段风波险恶的历史中，法律与正义概念的不确定性”，通过阅读，下层社会“正在僭越固有法律所设的‘合法’和‘非法’的最后一道防线”。[③] 不满逐渐累及，变革呼之欲出。如果说忠臣经世济国

---

① 参见苗怀明：《中国古代公案小说史论》，南京大学出版社 2005 年版，第 100 页。

② 鲁迅：《中国小说史略》，上海古籍出版社 2004 年版，第 246 页。

③ 王德威：《被压抑的现代性——晚清小说新论》，北京大学出版社 2005 年版，第 141 页。

的小说广告模式反映的是当权者在意识形态领域的调整，侠士清官匡正失衡的社会秩序则透露出民间社会对当权者意识形态合法性的质疑。下层社会的心理变迁为上层精英领导的即将到来的变革做好了接应，小说革命即刻燎原。以往的研究中对于“小说界革命”起源从梁启超追溯到傅兰雅，但终究都忽略了来自民间社会的这一潜流。正是民间社会对于政权合法性的质疑，不仅使得随后的小说运动在广泛的范围内深刻展开，也为后来的新生资产阶级政权奠定群众基础。

2. 当局文化控制的松弛

有清一朝在禁书方面堪称不遗余力，所禁之书的种类也是空前庞大，小说则是统治当局禁书的重中之重。而晚清时见诸报端的众多违禁小说广告，除了部分是当局为了适应事态发展而作出的有意调整外，更多的是缘于统治政府文化控制的力不从心。

吊诡的是，小说并未因为政府禁书而从民间销声匿迹，清朝后期由中央政权与地方势力上下合作在道光十七年(1837 年)、道光二十四年(1844 年)、同治七年(1868 年)进行的三次大规模查禁小说的运动不仅没有斩断小说的生产与消费，反而在晚清迎来了小说发展的高潮。以这一时期的《申报》小说广告为例，《隋唐演义》、《野叟曝言》、《笑林广记》、《红楼梦》、《水浒》、《西厢》、《蜃楼志》、《三国演义》、《说岳》这些报纸广告上的畅销书都上过禁书书目，晚清众多侠义、公案小说的蓝本《龙图公案》以及狭邪小说的先声《品花宝鉴》更是于 1868 年被江苏巡抚丁日昌增列为禁书予以取缔。① 相去不过 20 年，由《龙图公案》领衔，《施公案》、《彭公案》、《三侠五义》、《七侠五义》、《小五义》、《续小五义》等侠义、公案小说广告登上《申报》的显著版面，持续叫卖招揽读者；而《花月痕》（图 6）、《青楼梦》、《海上花列传》等狭邪小说广告也陆续出现在《申报》上。晚清这三次大规模禁书行动发生在近代印刷业中心的江浙地区，以统一意识形态为名的文化极端压制的确沉重打击了这一地区的小说生产，

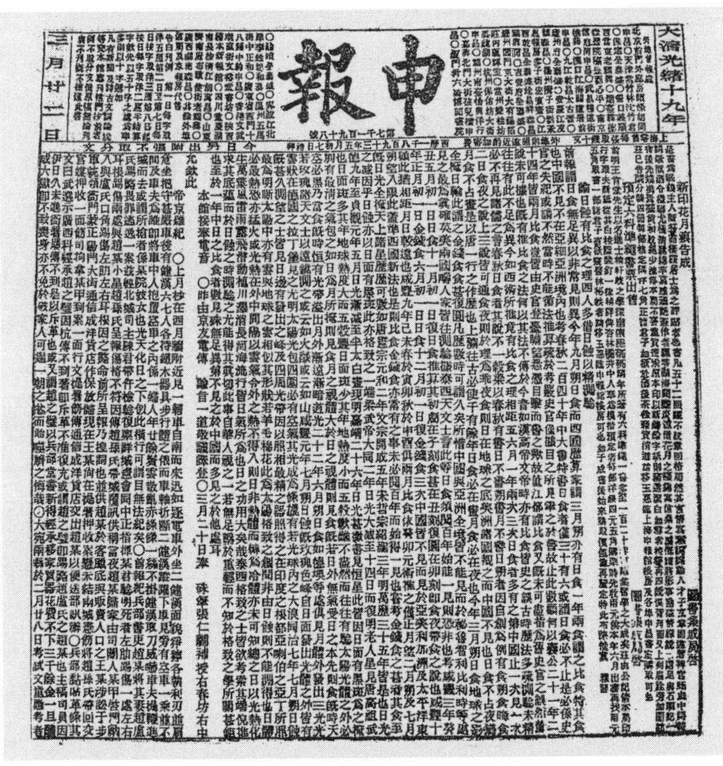
大清光緒十九年
申報

图 6 《花月痕》广告（《申报》1893 年 3 月 22 日）

① 参见欧阳健：《古代小说禁书漫话》，辽宁教育出版社 2001 年版，第 26 页。

也在客观上成为促进上海成为全国印刷工业中心的动因之一。

清代的禁书行动可以视为由国家暴力机器执行的意识形态领域文化霸权，手段虽严苛，结果却以失败告终。同治七年(1868年)江苏巡抚丁日昌为给即将进行的禁书寻求合理性找了一些说辞："淫词小说，向于例禁；乃近来书贾射利，往往镂版流传，扬波扇焰，《水浒》、《西厢》等书，几于家置一编，人怀一箧。原其著造之始，大率少年轻薄，以绮腻为风流，乡曲武豪，以任侠为放纵，而愚民鲜识，遂以犯上作乱之事，视为寻常。地方官漠不关心，方以为盗案奸情分歧叠出。殊不知忠孝廉节之事，千百人教之而未见其功，奸盗诈伪之书，一二人导之而立萌其祸，风俗与人心，相为表里。"①清代的禁书自太宗朝起，清太宗尚未入关就颁布了《禁议野史》的禁令，顺治九年(1652年)天下未定之时又颁布《禁刻琐语淫词》的禁令②，以后各朝或全国或地方性的禁书令则多如牛毛不胜枚数。《水浒》、《西厢》则是长期位居禁书榜，然而经过长达200余年的封禁，不但没被禁绝，反倒"家置一编，人怀一箧"。禁书政令制定者的话从侧面印证了作为晚清大众文化表征之一的小说在民间社会的扎实根基，这一点被后来的启蒙精英们大加利用，小说运动的核心理论即是看重小说在民间社会的影响力，将之征用为传播新思想新文化的工具。

---

① 王利器：《元明清三代禁毁小戏曲说史料(增订版)》，上海古籍出版社1981年版，第142页。

② 参见王利器：《元明清三代禁毁小戏曲说史料(增订版)》，上海古籍出版社1981年版，第22、23页。

除了良好的群众基础、印刷业的发展以及石印技术的应用，小说在晚清所呈现出的前所未有的繁盛之势还要归于当局文化控制的松弛。这种松弛首先来自当权者的力不从心，上述三次禁书运动全部是地域性的，全国范围的禁书活动是再没有过，民间印刷业抵制地方性政令的方法就是转移。“宽松的政治环境吸引着报刊杂志等新式传媒纷纷到此发行，加之新的印刷技术传入，书局林立，上海逐渐取代苏州成为中国印刷出版的中心。”[①]上海租界和外国人的存在使得晚清政府鞭长莫及，无能为力。《申报》自创刊起就重视广告业务，数量众多的小说广告自然成为报馆赢利的重要来源，几十年间见诸报端的违禁小说简直难以计数。除了刊载小说广告，《申报》还同时兼营发行、代售小说的业务。才子佳人小说之“情事”、侠义公案小说之“义侠”、狭邪小说之“妓家情状”，这些各种禁书法令明文禁止的词汇成为《申报》小说广告吸引消费的卖点。按照清政府的各种禁书条令，《申报》无疑已经严重犯禁，然而因为老板是外国人，纵然是在中国土地上发行，当局也无能为力。《上海洋泾浜设官会审章程》规定，租界内凡涉及外人的案件，必须由领事或领事所派之人会审；受雇于外人的华人涉讼，也需有领事或领事所派之人到堂听讼[②]，租界的治外法权和创办者的外籍身份成为抵御晚清当局文化专制的有效手段。事实上，清末上海的报馆或是设在租界内，或是请外国人挂名做老板，这两个保护伞显然是当局的权力死角。

---

① 孟丽：《晚清上海禁毁小说初探》，《明清小说研究》，2008 年第 1 期。

② 转引自孟丽：《晚清上海禁毁小说初探》，《明清小说研究》，2008 年第 1 期。

无论是忠臣还是侠义，这一时期的小说广告折射出当时的社会思潮是向后看，从内部寻找变革资源，在现有政权的体制内进行调整，中兴的目标是重新找回“天朝上国”，继续维持封建社会结构这种超稳定状态，亦即回到过去。这点与下一章节所论述的狂想未来有天壤之别。这一时期的小说广告语言没有出现新词汇，所体现的世界观和时空观都是停滞和封闭的，思想状态尚处于中世纪末。

二、1900—1911：小说广告中的现代性

所谓现代性，指的是传统社会向现代社会进化的过程中，形成的一系列知识理念和价值标准。[①] 这一时期的小说广告特征与 20 世纪的中国文学具有高度一致性，即为鲜明的现代性，观念剧变是此时小说广告透露出的最显著特征。进步学说、相信科学技术造福人类的可能性、对时间的关切、对理性的崇拜、在抽象人文主义框架中得到界定的自由理想，还有实用主义和崇拜行动与成功的定向[②]，这些蕴涵在小说广告中的来自西方价值体系的观念与此前小说广告中包含的价值体系截然不同。小说广告中的西风东渐体现的是当时社会的巨大变革，天下消失了，国家产生了；王权崩溃了，民主萌芽了；神佛隐退了，科学普及了。启蒙意识与精英话语贯穿了这一时

① 参见严家炎、袁进：《现代性——二十世纪中国文学的显著特征》，《北京大学学报哲学社会科学版》，第 42 卷第 5 期(2005 年)。

② 参见[美] 马泰・卡林内斯库：《两种现代性》，周宪主编《文化现代性精粹读本》，中国人民大学出版社 2006 年版，第 109 页。

期的小说广告，西方被当成优越于东方的体系而存在，而这一设定的影响甚至延续到20世纪末。从忠孝节义、说狐论鬼到声光电热、物竞天择，出现在《申报》小说广告上的改变迅速而彻底，它代表的是一种文明体系对另一种文明体系的侵入，西方文明系统化地登陆古老中国，实现了从器到道的全面占领。

这些小说广告还召唤起一个个抽象的共同体，他们因为有相同的消费欲求而结合，诸如当时的侦探小说热、科幻小说热，众多的"侦探迷"、"科幻迷"想象自己通过阅读来参与代表新兴优越势力的西方式启蒙，阅读了启蒙新小说，就变成启蒙队伍中的一员，获得了一个新的阶级身份。这就好像20世纪20、30年代的摩登上海，穿西装、吃西餐、跳交际舞成为洋场中许多中国人追求的生活方式，其实是借消费这一生活方式，获得一个西方色彩的身份。

1. 广告话语中的启蒙

1895年甲午战争清朝战败，等于宣告这场中日西化竞赛以中方完败告终，这不仅意味着自咸丰三年（1853年）起30余年的洋务运动失败，也意味着"即使有所改良，传统的制度和知识谱系也不足以应对严峻的现实"①。学习的榜样是完成了工业革命不到200年的西方蛮夷，晚清的士人阶层积极将国家引入世界新秩序中，原来如同铁桶的官方意识形态程朱理学被外来思想文化逐渐渗透，并在随后的将近百年时间

---

① 汪晖：《现代中国思想的兴起（下卷第一部）·公理与反公理》，三联书店出版社2008年版，第833页。

内渐渐退隐到历史角落。1900 年的庚子事变使当时的知识阶层不仅清醒地认识到晚清政权的积重难返，更震惊于拥有最广大人口的下层社会的愚昧无知，国民教育已是刻不容缓。士人阶层不仅参与国家的政治改革，更承担起沉重的社会责任，启蒙登上历史舞台。

这一时期数量最多、最为重要的当属商务印书馆的小说广告。1904 年 12 月 6 日，商务印书馆刊登征文广告，第二类即为小说题，征文要求教育小说要“述旧时教育之情事详其弊害以发明改良方法为主”；社会小说“述风水、算命、烧香、求签及一切禁忌之事，形容其愚昧，以发明格致真理为主，然不可牵涉各宗教”；历史小说则“从鸦片战争起至拳匪乱事止，详载外人入境及各国致败之由，割地赔款一并述及，以明白畅快能开通下层社会为主，然征引事实需有所本不可杜撰”；实业小说要“述现实工商实在之情事，详其不能致胜之故，以筹改良之法”为重。商务印书馆的小说广告以翻译小说占绝大多数，其中又以侦探小说居多，其次为言情小说、科幻小说。这一时期出现在《申报》上的小说广告的类型化特征也十分明显，这点和当时的翻译小说类型化高度重合：“一是别国历史发展的经验或教训的总结……二是歌颂不屈不挠的奋斗、冒险精神……三是赞暴力，颂虚无党拼命精神……另外就是本国道德风俗截然不同的爱情小说。”①

清末民初，从西方社会输入的新思想中，对中国影响最大的莫过进化论，只不过这一理论经由严复演绎后变成社会达尔

① 方正耀：《晚清小说研究》，华东师范大学出版社 1991 年版，第 53 页。

文主义，抑或可以这么说，晚清最后十年以席卷之姿占据国人秩序观的其实是社会达尔文主义。中国传统的世界秩序观念是和谐，这一世界观分别从儒家的“仁德”、“中庸”以及《山海经》、《穆天子传》中获得思想资源，具有浓厚的乌托邦色彩。“‘天下’的含义是‘帝国’，换言之，亦即‘世界’。所以‘天下’意味着中国即世界。”[①]清帝国本身就是一个“帝国体系”，而这一体系是以“宗主国对番邦”为基本架构和以“怀柔对朝贡”为机能的世界体系和秩序[②]，长久以来帝国上下一直认为清帝国位于这一体系中心，并且扮演着“天下共主”的角色。两次鸦片战争的惨败迫使帝国臣民接受一个事实，晚清帝国已经丧失对国际权力的垄断地位，再也不能简单地用“华夷之辨”来区分晚清帝国与外部世界的关系，代表现代文明势力的西方不是弱势的“夷”，而是拥有自身文明体系的“泰西”，并且在以后逐渐被当成优于帝国原有文明体系的存在。对于当时的晚清士人阶层来说，遭受的最大打击莫过于这种同时包含地理和文化双重意义的“中国中心观”的破灭。作为应对之策，以社会达尔文主义为核心的丛林世界观正式登上历史舞台，“近代中国思想史的大部分时期，是一个使‘天下’成为‘国家’的过程”[③]。将这一时期的《申报》小说广告与前一时期对比即可发现，“我朝”、“国朝”、“天朝”隐去不见，“美国”、“法国”、“俄国”、“英国”、

---

① [美] 列文森：《儒教中国及其现代命运》，广西师范大学出版社 2009 年版，第 80 页。

② 王中江：《近代中国思维方式演变的趋势》，四川人民出版社 2008 年版，第 371 页。

③ [美] 列文森：《儒教中国及其现代命运》，广西师范大学出版社 2009 年版，第 84 页。

"非洲"等全新的地理概念出现,地域也好、文化也罢,晚清帝国都不再是世界第一等,"弱肉强食"、"激烈竞争"成为当时社会主要议题。中国人迫切希望通过竞争自强以合法身份进入现代国家行列,促成中华民族在世界格局中占据自己应有的地位,获取现代国家的资格。

1906年11月23日,商务印书馆新出小说五种刊登广告,小说《旧金山》的广告(图7)概述了巴拿德等数童子远行数千里,至人迹罕见之加利福尼亚开采金矿,"历种种异常艰险,绝

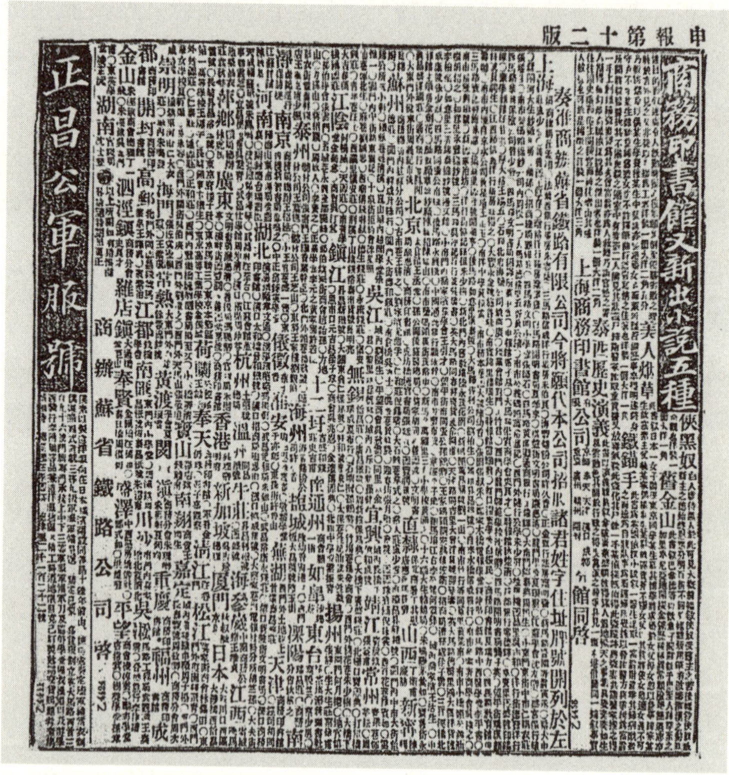
申報第十二版

商務印書館又新出小說五種

正昌公軍服號

图7 《旧金山》广告(《申报》1906年11月23日)

无退志，卒达目的”，“优胜劣败之理，时于言外见之”。在今天看来，20 世纪初的美国西部大开发是自由资本主义时期的资本原始积累，美国人去西部淘金是带着对未来的投机心理的一次冒险行动，为了黄金、土地与资本的人生投资行为被附会为“优胜劣败”，这并不能简单看成是文本翻译的误读，它更折射出当时精英阶层启蒙的急迫，即使是广告这般简短的文本中，都不忘灌输用以救世的理念。它们之间到底有何关联并不重要，重要的是这则广告强烈的启蒙诉求。1907 年 8 月 30 日商务印书馆出版的《希腊神话》广告（图 8）有异曲同工之处，广告说：“世界幼稚时代人每喜谈奇说怪，口道而心信之，不自知其可哂也。是书载希腊古时所传神奇之说……种种怪诞不经，较之《西游记》、《封神传》尤甚。盖上古之世人之迷信，中外皆然，由今观昔，足以见世界进化之序矣。”这则广告的理论逻辑即是严复演绎过的“进化论”，封建帝国时期的空间感被现代社会的时间感取代，超稳定结构的社会体制被撬动，作为天下的时间终结了，作为国家的时间开始了。“这种思考方式本身就基于一种时间是直线前行而历史是前进的观念，认为现在比过去好，而将来比现在好。这种时间观念，是经由西方的启蒙传统再加上社会达尔文主义的‘扭曲’而传到中国的。”[①]这种直线时间观的背后，是对传统的离弃，过去几千年结晶而成的传统作为旧的产物在这个逻辑里被贴上过时的标签，“五四”精英们极端反传统的姿态早在十多年前的中国社会已有先行。

① 李欧梵：《未完成的现代性》，北京大学出版社 2005 年版，第 17 页。

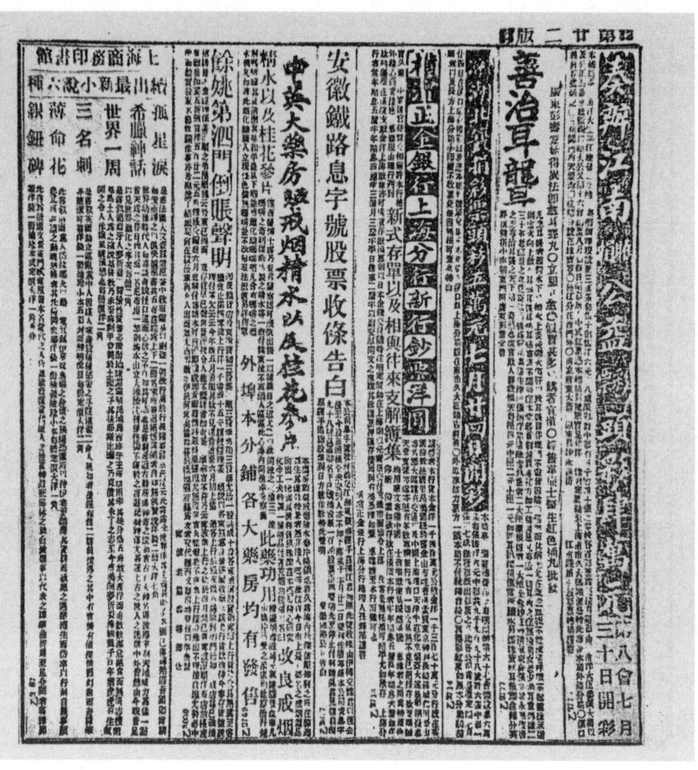
上海商務印書館

續出最新小說六種

孤星淚

希臘神話

世界一周

三名刺

薄命花

銀鈕碑

餘姚第泗門倒賬聲明

中英大藥房戒烟精水以及桂花參片

精水以及桂花參片

此藥功用改良戒烟

外埠本分鋪各大藥房均有發售

安徽鐵路息宇號股票收條告白

新式存單以及相與往來支解簿集

善治耳聾

八月三十日開彩

图 8 《希腊神话》广告(《申报》1907 年 8 月 30 日)

西方侦探小说在近代中国既有阅读市场，又对社会变革起到重大的影响，曲折离奇的情节极具可读性，开拓了作为商品的小说的市场；作为小说背景的西方政体、法制社会、侦探技术、风俗人情对清末民初的中国起到了输入新知、开启民智的作用。

1905 年 9 月 9 日，商务印书馆出版的小说《忏情记》(图 9)广告对中国的审判制度做了一番评价：“案证确凿，已入狱待罪，若在吾国问官之手，固早已身罹大辟，永载覆盆矣。

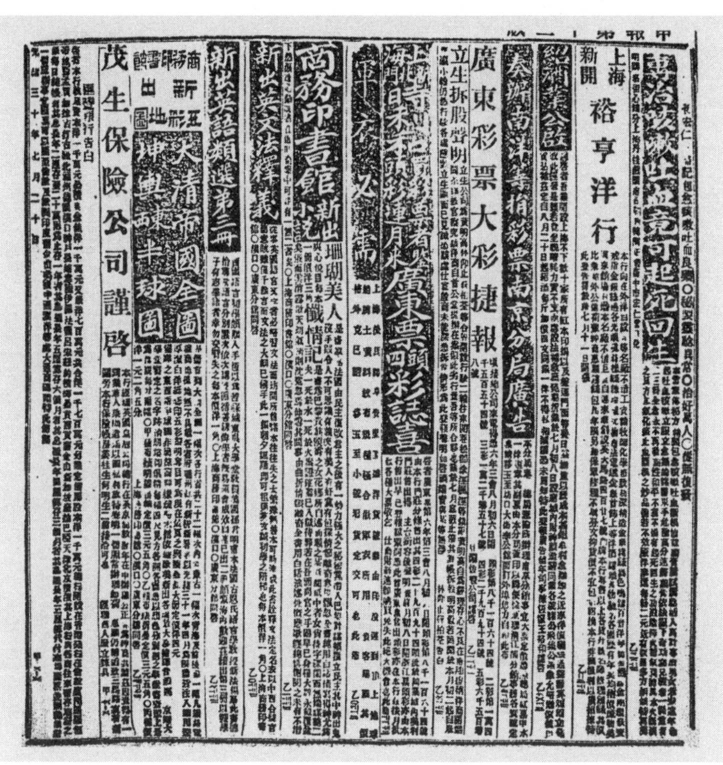

申報第一□□號

上海 裕亨洋行

廣東彩票大彩捷報

商務印書館 新出 珊瑚美人 懺情記

新出英文法釋義

新出英語類選第三冊

大清帝國全圖

茂生保險公司謹啓

图 9 《忏情记》广告(《申报》1905 年 9 月 9 日)

俄而云消雾散,天朗气清,则沉冤忽焉伸雪。”不过百字的广告词暗示并讥讽了晚清的司法之落后、冤狱之普遍。1905 年 9 月 21 日的小说《双指印》广告(图 10),突出了将摄影运用于侦探手段——“其凶犯经侦者以摄影法摹审指印,竟得踪迹,知摄影之深有裨于侦务也”。彼时摄影技术刚刚传入中国,仅作为一项奢侈消费存在于宫廷与上层社会,而中国的侦探手段还停留在封建社会生产力水平,技术落后导致的司法不公时有听闻。1907 年 6 月 4 日商务印书馆出版侦探小说《神枢鬼

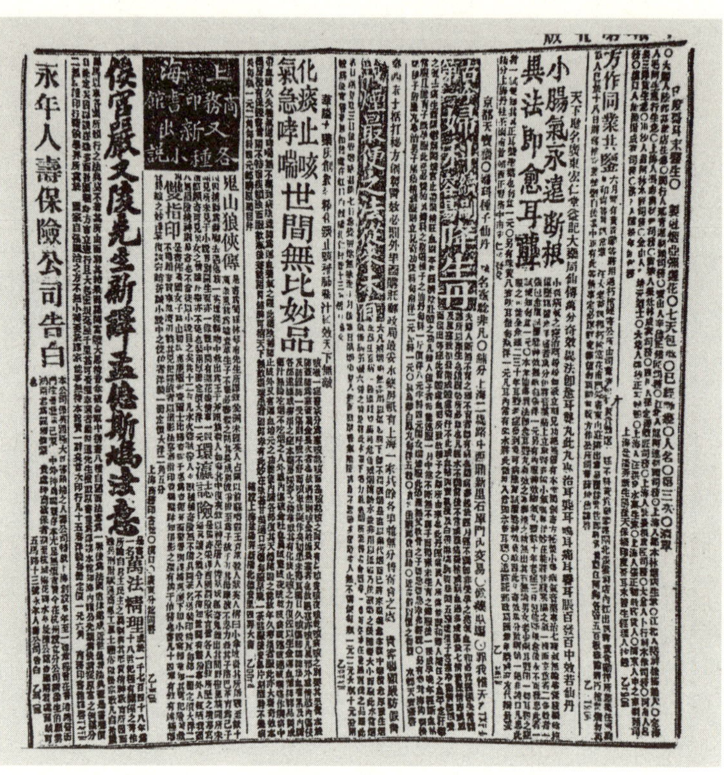

方作同業共鑒

小腸氣永遠斷根
異法即愈耳聾

化痰止咳
氣急哮喘世間無比妙品

上海
商務印書館又出新各種小說

鬼山狼俠傳

雙指印

候官嚴又陵先生新譯孟德斯鳩法意

永年人壽保險公司告白

图 10 《双指印》广告(《申报》1905 年 9 月 21 日)

藏录》,广告词中说:“近时译包探案小说者多矣,顾其聪明材力不过较寻常略胜一畴,凡精细人皆可逆探而知之,术虽工,未足云奇也。此书所叙威希忒诸案,真乃鬼设神施,心通造化,无论何人皆百思不到。虽系小说,实含有心理学、物理学于中,海内人才,请一读之。”以现代广告的观点来看,这些广告的表述没有完全反映商品本身,这本小说的卖点竟然是“含有心理学、物理学于中”,这则广告的言说策略显示了中国传统文论“小说乃小道”的观念,然而因为包含其中的心理学、物理学知识，本为“小道”的小说的地位也随之抬高。正是这种错位，恰好映射了当时社会的启蒙思潮，那种对于来自西方的一切都寄寓了极大热情的社会心态。西方在这里已经不只是个切实的存在，还被当时的启蒙阶层建构成一个未来世界，一个矗立在古老中国面前的模板。

当时社会对于启蒙的心态是热切而急迫的，即便是广告这样不适合长篇表达的工具也要利用，而当时的社会有识阶层对于现代西方的政治、文化、科技、人文、风俗的兴趣也可见一斑。细细探究，这些侦探小说广告中的西方新科技不仅被当成小说的功能性之一，广告话语的侧重透露出科技已俨然成为一种新的意识形态实体被尊崇。“对西方科技的推崇，发展至清末形成了启蒙浪潮中的唯科学主义思潮”①，科学被认为提供一种新的生活哲学，被引进取代旧的价值形态②。除此之外，小说广告所醉心描述的讲求证据、尊重人权正体现了现代西方的理性精神。这些西方侦探小说广告的刊载从一个侧面昭示了启蒙主义降临近代中国，理性的黎明即将到来，“这是一个拂去了宗教的魔术化的不合理性，合理地解释人的世界，向理性的世界发生变革的一个时代”③。西方侦探小说并非是传统侠义公案小说的新发展，而是代表了两种截然不同的意识形态。侠义公案小说的沉冤昭雪依靠的是清官义

---

① 黄勇：《晚清启蒙之艰——以科学小说的科学表述为例》，《文艺争鸣》2007年5月。

② 参见[美]郭颖颐：《中国现代思想中的唯科学主义》，雷颐译，江苏人民出版社1998年版，第167页。

③ [日]高坂史郎：《近代之挫折：东亚社会与西方文明的碰撞》，河北人民出版社2006年版，第113页。

侠、公道人心、神明护佑，这种植根中国传统文化之中的“道理”，其内涵不在于“理”而在于“道”；侦探小说叫卖的则是科学取证、依法断案，和东方的“理”相比多了与技术的结合，相比之下也较东方的“理”更具逻辑性，更有说服力。对于晚清中国读者来说，技术、人权和法理是侦探小说最有魅力的地方，而公案侠义小说和西方侦探小说分别对应的是中世纪和现代社会。小说广告中对封建中国司法体制的批判，对新技术的推崇，传递了一个信息：西方的科技已经成为晚清中国社会改革的依据之一。

小说被当作认识世界的窗口，除了技术启蒙，还承担起输入异质思想文化的载体，小说广告也不例外。1905 年 9 月 9 日商务印书馆的小说《珊瑚美人》广告（见图 9）中出现了“法国大革命”、“民主”这样的词，即便对当时的中国知识阶层也是既好奇又陌生的。小说文本的意义被建构成寻求自强的中国的模本，“是书叙述法国由民主复改君主之后，有一势力极大之秘密党潜入巴黎，计谋颠覆，立民主”。11 年后革命党人为了夺回被袁世凯篡夺的革命成果而对洪宪皇帝实施暗杀，与其说这则小说广告一语成谶，倒不如说是虚构的文本被当作现实社会的行动范本。1906 年 11 月 23 日刊载的《泰西历史演义》广告宣称：“此书以演义体裁叙拿破仑、华盛顿、彼得诸人震地惊天之事业，真觉奕奕如生，风云动色。其间与行政之得失，党派之纷争，具见一斑，有堪借鉴。”彼时正值清廷的“预备立宪”，国家即将实现形式上的政体变革，知识阶层秉承了治国平天下的责任感，更加急切地通过译介小说为处在动荡中的中国寻找方向，树立榜样。广告

的形式虽然简短，但是潜藏其中的却是启蒙者们为近代中国所寻找的未来。这些小说广告的内容及言说策略表明，之前那种从内部发掘资源拯救中国的路径已被抛弃，从此由“西方”构成的话语体系开始笼罩中国，而传统在一波又一波的启蒙运动中逐渐被驱之一隅，在小说广告的言说策略中“传统|西方”、“守旧|未来”的二元对立模式已经形成。

2. 荒蛮的“东方”与传统

将小说广告的启蒙动机置于时代背景之下，倒显得合情合理。值得注意的是以启蒙之名，中国的士人阶层开始了与传统的切割之路，这条以西方为蓝本、与传统断裂的道路在晚清发端，经由“五四”精英走到极致。《申报》小说广告中的民族文化虚无主义可算得上是“五四”的先驱。处在东方与西方对立结构之中的西方，已不是西方本身，而是站在东方的立场来看西方，将自身欠缺的“西方”原理假定为一个对立的原理，由此而衍生出一个所谓西方的“形态”，再将这一对立原理引进到自己之中的一场运动。①

1905 年 9 月 21 日刊载的小说《鬼山狼侠传》广告（见图 10）称：“叙非洲未经英人占领以前苏鲁霸王查革杀人状，英人称曰小拿破仑。其所屠戮至数十万，众黑族为墟……野蛮风族闻所未闻，见所未见。”虽然萨义德关于“东方主义”的论说在其后的 50 年才出台，但是这则广告的论说中仍然流露

① 参见[日]高坂史郎：《近代之挫折：东亚社会与西方文明的碰撞》，吴光辉译，河北人民出版社 2006 年版，第 259 页。

出强烈的“东方主义”倾向。基于“东方主义”的立场,西方言说中的中国与非洲同属于“他者”,现代性之外的蛮荒社会。西方现代性想象中的中国形象主要有三种类型:专制的中华帝国、停滞的中华帝国、野蛮的中华帝国①,而这则广告对于非洲社会的描述也是在专制、野蛮的框架内进行的。于是我们惊讶地看到,非洲在晚清中国的启蒙主义言说中,成为了“他者”眼中的“他者”,抑或说,晚清的知识阶层苦心孤诣的启蒙运动,就是为了摆脱“野蛮、专制、停滞”的“他者”形象,加入到代表文明的现代性社会中。这则广告的制作者显然是站在现代的、文明的立场上,用西方式的话语霸权圈定了非洲的文明归属。自 1840 年开始,中华帝国在世界政治秩序图上就一直处于弱势地位,处于焦虑中的晚清知识阶层在评价非洲社会时所体现的自信应该来自对启蒙运动的美好寄望。同处于被殖民的困境中,其时的知识阶层却在广告中将非洲的野蛮归因于“未经英人占领”,陷入深重家国危机焦虑的同时却并未否定殖民势力,这和 50 年后的“第三世界”的身份认同是截然相反的,被殖民的“他者”认同的是殖民者的文明,这是一个奇怪的悖论。1907 年 8 月 30 日刊载的《世界一周》广告以同样的逻辑肯定了西方自航海大发现以来的殖民行为,“是书叙葡萄牙人麦哲伦以冒险性质,势必环游地球,开辟殖民地。为西班牙王所信用,率其徒分乘五舟,放大西洋而南。数数濒危绝食而无退志。搜索群岛土人,为其演说基督教。乃未至麻

① 参见周宁:《文明之野蛮——东方主义信条中的中国形象》,《人文杂志》2005 年第 6 期。

啦甲，竟毙于土蛮之手。其徒耶斯比继之，乃克偿其未了之志。至今南美洲麦哲伦峡，几千百年尤虎虎有生气。阅之令人做乘风破浪想也。”作为殖民者的麦哲伦被美化成为意志与胆识兼备的英雄，对地理大发现及其开启的殖民时代不仅没有批判与反省，还“做乘风破浪想也”；“土人”、“土蛮”这样典型的西方对于东方文明的贬低之词被同属“东方文明”系谱的晚清帝国拿来界定自己眼中的“他者”。这样的话语逻辑一方面流露出晚清知识阶层对帝国及自身文明的定位，虽不如西方现代文明，但仍优于南美及东南亚的土著；另一方面也意味着儒家传统“仁德”、“中庸”世界观的破产，丛林秩序的世界观是当时社会的新选择。而自明朝中期进入中国后，作为西方文明表征的基督教在华传播一直是在曲折中蜿蜒行进，直至晚清，终于在对儒释道的作战中获胜，成为救世的新选择。“启蒙思想是在古代与现代、东方与西方的二元对立的时空框架内进行的，其根本意义在于确证‘现代西方’的合法性。”①晚清中国的启蒙显然是以现代西方为范本的，这就意味着必须在启蒙名义下与东方及传统做个了断，这一二元对立逻辑在《申报》小说广告中得到了充分的印证。

1905 年 10 月 5 日刊载的《昙花梦》的广告（图 11）介绍说：“此书叙俄国某大臣女投入虚无党，反抗专制，以一弱女子抱此热肠……其中记述风莲爱友之真挚、捐产之慷慨、救父之委婉，真是别有天地，较我国所谓之才女闺秀相去霄壤。”中国

① 周宁：《文明之野蛮——东方主义信条中的中国形象》，《人文杂志》2005 年第 6 期。

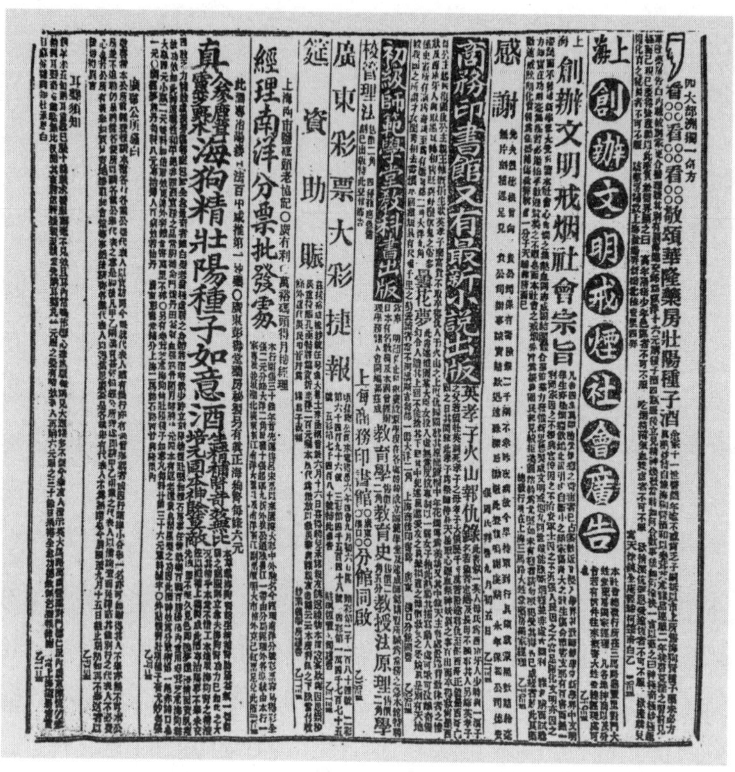

四大部洲獨一良方

看○看○看○敬頌華隆藥房壯陽種子酒

上海創辦文明戒煙社會廣告

上海創辦文明戒烟社會宗旨

感謝

商務印書館又有最新小說出版

英孝子火山報仇錄

曇花夢

初級師範學堂教科書出版

校管理法

教育學 教育史 教授法原理

上海商務印書館

廣東彩票大彩捷報

筵資助賑

經理南洋分票批發處

真參鹿茸海狗精壯陽種子如意酒

耳聾須知

图 11 《昙花梦》广告(《申报》1905 年 10 月 5 日)

传统对于女性的规训是“三从四德”,女子无才便是德,女性的活动一直被局限在家庭的范围内。而广告中塑造的这位西方女性却在国家政治的舞台上施展身手,显然这是一个现代新女性,一个英雌的形象。1907 年 9 月 16 日刊载的新小说《中国女侦探》广告(图 12):“中叙一毗陵女子及女友数人俱习武事,而尤研究西国侦探之术。上二案彼所口述,下一案即彼数女子所破。”广告用“新”来与“旧”相区别,显然广告中的主角也是个“新女性”,传统伦理及社会规范对女性行为规则的界

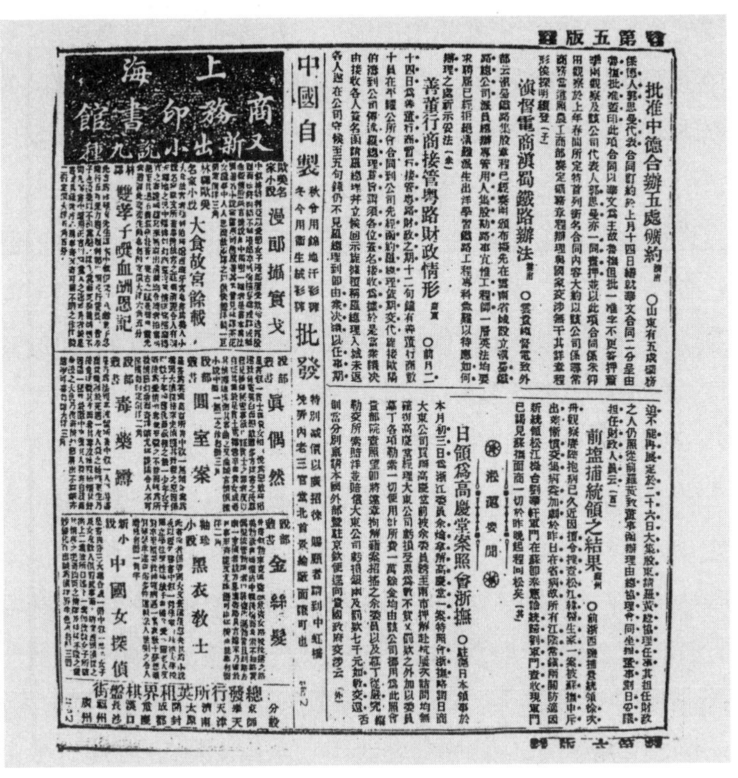

第五版

批准中德合辦五處礦約

滇督電商滇蜀鐵路辦法

善董行商接管粵路財政情形

滬濱要聞

日領爲高廠堂案照會浙撫

上海商務印書館

又新出小說九種

漫郎攝實戈

大食故宮餘載

雙孝子喋血酬恩記

眞偶然

圓室案

金絲髮

黑衣教士

新小說 中國女探偵

總發行所英租界棋盤街

中國自製 批發

图 12 《中国女侦探》广告(《申报》1907 年 9 月 16 日)

定完全被颠覆。小说广告中的女性显然是三千年未有之新人,将这些虚构的女性形象安置在国家及时代的大背景下,体现的正是晚清对女性社会价值的再发掘。女性终于走出家庭限制和男性共同承担民族国家责任,这当被视为晚清男女平权的信号之一。首先从社会角色、伦理规范上解除对女性的限制,当然这种解放与承认是有限度的,对此将在第五章“兴女权与抑女权”一节详细论述。王德威先生认为晚清小说中英雌形象的出现“固然显示出他们抬举妇女作为历史意识转变的象征，但也不免暴露出中国男性在政治上一筹莫展时，对中国女性的狂想”①，此言不虚。晚清知识阶层本着“新民”的初衷，将小说征作启蒙工具实现其政治抱负；女性作为国家民族的一部分自然也在“新民”的范畴内，塑造新女性显然属于男性精英的政治目标之一，因而男权话语也就作为隐身的叙述者出现在这类小说广告中。只是这种对于新女性的想象尚显幼稚，东方主义和线性进化逻辑得以沿袭，西方的、新的女性被塑造成优越者与传统女性截然相对。

1905 年 9 月 21 日刊载的《環瀛志险》的广告用西方资本主义的伦理——冒险精神和传统儒教所倡导的和平中庸相比，批评“我国人无冒险精神”。1907 年 6 月 4 日刊载的《十字军英雄记》广告称：“我国向以粗豪有魄力者谓之英雄，其实皆野蛮时代之土豪，非英雄真相也。是书为英国文豪司各德原著，所记十字军诸人，其气概英豪，不让我国霸王、虬髯诸人，而要皆服从宗教，驰骋于规律之中。两相比较，乃觉我之英雄俗而彼之英雄雅。”不得不说这则广告言辞主观而偏颇，十字军东征是在宗教外衣下的罪恶侵略，是对伊斯兰文明的野蛮侵犯，200 年的十字军东征建立的是一个欧洲作为侵入者长期进攻的记忆，东征所造成的破坏打击了伊斯兰的世界，动摇了穆斯林的信心。在这则广告信息中，道德伦理的准轴完全颠倒，入侵者被奉为“英雄”，不义之战被歌颂成壮举；处于同一时间轴上的中华帝国文明水平远比最黑暗封建时代的欧洲

---

① 王德威：《被压抑的现代性——晚清小说新论》，北京大学出版社 2005 年版，第 186 页。

优越，甚至在欧洲的启蒙运动中，同时代的中华帝国还曾被当作启蒙的榜样。值得关注的是颠倒事实背后的黑白逻辑，家国危机催生的启蒙却以殖民主义的视角看待世界和自己，仿佛只有彻底地自我否定才能获得真正的新生。“五四”的极端反传统早有先声，广告内容的事实颠倒、理性缺失的话语暴力也成为此类小说广告的通病。1906 年 7 月 27 日刊载的《鲁滨孙飘流续记》广告（图 13）云：“……其后兼叙鲁滨孙游历至我国，采风记俗，语含讽刺，虽多失实，亦未始不可借为针砭。”如

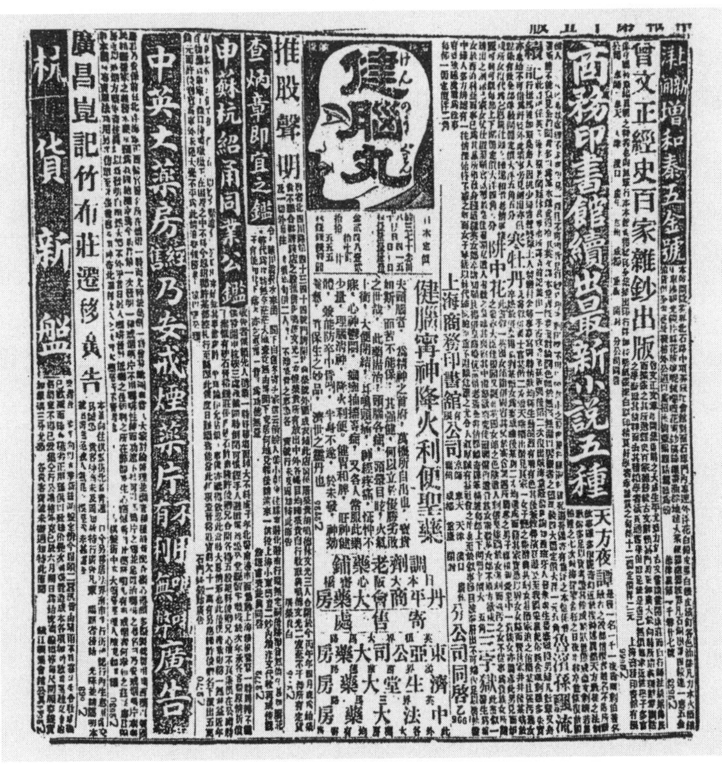
商務印書館續出最新小說五種
曾文正經史百家雜鈔出版
健腦丸
健腦寧神降火利便聖藥
上海商務印書館有限公司
推股聲明
查炳章即宜之鑑
申蘇杭紹甬同業公鑑
中英大藥房經理乃安戒煙藥片廣告
廣昌崑記竹布莊遷移廣告
杭貨新盤

图 13 《鲁滨孙飘流续记》广告（《申报》1906 年 7 月 27 日）

果说上一则广告的颠倒黑白尚有当时的启蒙者对那段历史了解不全面的可能，这则广告却明白肯定小说内容失实，吊诡的是接下来的却不是基于事实及民族主义立场的批判，而是即便已经失真的内容仍可“借为针砭”；失实的舆论监督自然不能起到监察社会之用。在今天看来，这则广告话语甚至包含“自虐”的倾向。

《鲁滨孙飘流续记》是18世纪西方世界反中国氛围下诞生的小说，“此书描写鲁滨孙飘流到中国，书中对中国字、中国学术、中国建筑、食品、文化及中国人的仪态，都有严厉的批评”①。造成这一反中国情绪的原因则是“英法当时积极推动和中国的商务关系，但是仍打不开中国的门户，外交官及商人均备感挫折”②。

时人竟然能从这样一部抹黑中国的作品看出“借为针砭”之用，足可见那是一个启蒙压倒一切的年代，不问出处，不分对象，不论曲直，这样的启蒙简单又粗暴，没有目标，没有方向，和十多年后“五四”的启蒙不可同日而语，却也印证了王德威先生“没有晚清，何来五四”的论断。

然而即便是以启蒙之名也无法遮蔽广告话语中的殖民主义立场以及“自虐”的倾向。被殖民者采用殖民者的思维并非《申报》小说广告所特有，龚鹏程先生在《近代思潮与人物》中就论及“现代化先驱”王韬深受西方殖民主义的感染，以殖民者的角度去观看文化差异的问题。龚先生认为，“那种殖民者

① 龚鹏程：《近代思想与人物》，中华书局2007年版，第53页。

② 《史景迁与余英时的对谈》，1999年1月8日《联合报》，转引自龚鹏程《近代思想与人物》，中华书局2007年版，第53页。

对待异文化的态度，呼唤起了王韬本身从自己的文化中学习到的夷夏观”，“他径直把这些土著视为‘夷狄’须要‘教化’，才能让他们从野蛮进入文明；对于西方殖民者处理异文化的方法，也予以认同”①。这种分析比较合理地解释了前文提出的被殖民者认同殖民者的悖论，究其根本，是在认同自身文化谱系中由来已久的“夷夏观”。中华帝国传统的世界观与现代西方世界观中，关于南美、东南亚以及伊斯兰世界的部分是重叠的，所不同的是在现代西方的文明秩序中，晚清帝国也是属于“野蛮的东方”序列。至于“自虐”倾向，当然是来自与传统的切割，虐的部分是传统文化，“才女闺秀”与“新女性”、“俗英雄”与“雅英雄”的二元对立，还有“语多失实”却仍可“借为针砭”的刺痛，目的是和“旧”划清界限。传统就好像腐朽的躯体，非经一番阵痛狠心切割，才能得以康复，告别旧的，才能迎接新的。这一时期的小说广告同样存在高度模式化的特征，作为促销手段的广告必须始终贴合消费阶层的心理动向，像《十字军英雄记》这样黑白颠倒的小说广告自然不是真实客观的信息。“荒蛮的东方”与“先进的西方”二元对立的言说模式折射的正是当时社会的普遍看法，对传统极度悲观的情绪在清末民初的中国社会已经弥漫开来。

只是当时的知识阶层没有意识到，雄心勃勃的整个启蒙行动都是在传统的框架内展开。用新小说来启发民智不过是“文以载道”在晚清的一次实践，驱使知识阶层进行这一实践的还是儒家有关士人“入世”以及“修齐治平”的训条，以小说

---

① 龚鹏程：《近代思想与人物》，中华书局 2007 年版，第 4 页。

广告为工具启蒙本身就是“道在文中，文以载道”。“五四式的全盘性反传统主义——以及由此衍生的全盘西化论——实际上正是未能从儒家传统一元论、有机观的‘思想模式’的桎梏中解放出来的结果。那是受传统‘思想模式’的影响所产生的形式主义的谬误。”①从传统的框架出发，以后的实践中传统的身影当然无处不在，原因将在“中国式叙事传统”中探讨。

3. 想象空间的开创

与前一时期谈神说鬼的小说广告产生强烈反差的，是这一时期小说广告想象空间的开创。1904 年 9 月 11 日的《环游月球》广告的描述充满奇幻色彩：“是书记美国格致家数人欲游行月球，造一极大之炮，配用合宜之火药弹子，测准月球轨道，三人入居弹中，携各种需用之物。既放炮后，弹子飞出，三人就弹前玻璃窗窥测。途中遇一小月及无数流星。后弹为流星所摄，线路稍斜，不能入月，而相距极近。环绕一周，三人历历测视，绘放详图。旋弹堕落海，经人捞获。三人出弹，备述所见，题曰《环游月球》。”“五四”的旗帜“赛先生”在《申报》小说广告中取代中国传统神魔小说中神的存在，启蒙与现代化背景下科学超越了技术层面，被当作一种通往现代社会的价值形态，科幻小说在晚清知识阶层眼中既是小说更是科学。这则小说广告结尾强调“备述所见”，使得明明天马行空的科幻小说却仿佛变成真实的客观存在，这就意味着时人在广告

① 林毓生：《中国意识的危机——五四时期激烈的反传统主义》，贵州人民出版社 1986 年版，第 3 页。

中的那番想象性描述并不比嫦娥奔月更有科学依据。参照王德威先生的说法就是“作家舍弃自身的幻想传统，转而嗜好西方模式的倾向，与其说在于他的新知识为何，不如说在于他本人对于新知识的‘想象’为何”。[①]

以科学之名向陌生的领域努力探索，而科学也成为知识阶层追寻的新道路合理性的最佳注解。科学在晚清更多体现的是形而上的意义，“在晚清以降的中国思想氛围中，科学是解放的象征和召唤，也是各类社会文化改革的客观根据。作为一种替代性的公理世界观，科学不仅证明了新文化人物所期望的变革的必要性，而且也提供了这种变革的目标和模式。”[②]1908 年 9 月 26 日刊载《飞行之怪物》广告称：“是书叙一怪物飞行于欧美大都会，当之辄靡。各国震悸，开会研究，多方揣度，卒未明了。末后得一男子二女子为空中之侦探，艰难万状，仅测得其一二。”同日刊载的《电幻奇谈》广告如下：“自电学发明而功用愈远，而愈大。此书叙一奇人，仗一身之电力，忽而登山，忽而入海，忽而上游月球，忽而旅行地心，神妙所至，不可思议。”在这两则小说广告中，科学更加简化成一个抽象的概念，上天入海，遨游太虚，探险地心，人类的足迹踏上从来只属于神话的领域，神权的威严在漫无边际的大胆想象中消解。显然时人对于科学缺乏全面的了解，但这不妨碍他们用科学做工具开辟新的社会体系。不过这种功利主

---

① 王德威：《被压抑的现代性——晚清小说新论》，北京大学出版社 2005 年版，第 295 页。

② 汪晖：《现代中国思想的兴起(下部第二卷)科学话语共同体》，三联书店出版社 2008 年版，第 1395 页。

义的科学观直接导致了对科学的狭隘理解，生吞活剥之后的科学被与小说硬性嫁接，关注现实的成分过多，而这一功利主义立场也直接妨碍了作为艺术的小说想象空间的开发。

1906 年 7 月 3 日刊载的《秘密电光艇》广告（图 14）就做了印证："是书系日本樱木大佐欲伸张国威，乃侨居海岛，制一秘密电光战艇。本科学进步，创海军宏规，能使阅者骎骎，推大其海军思想。"十余年前甲午战争的民族创伤在晚清知识阶

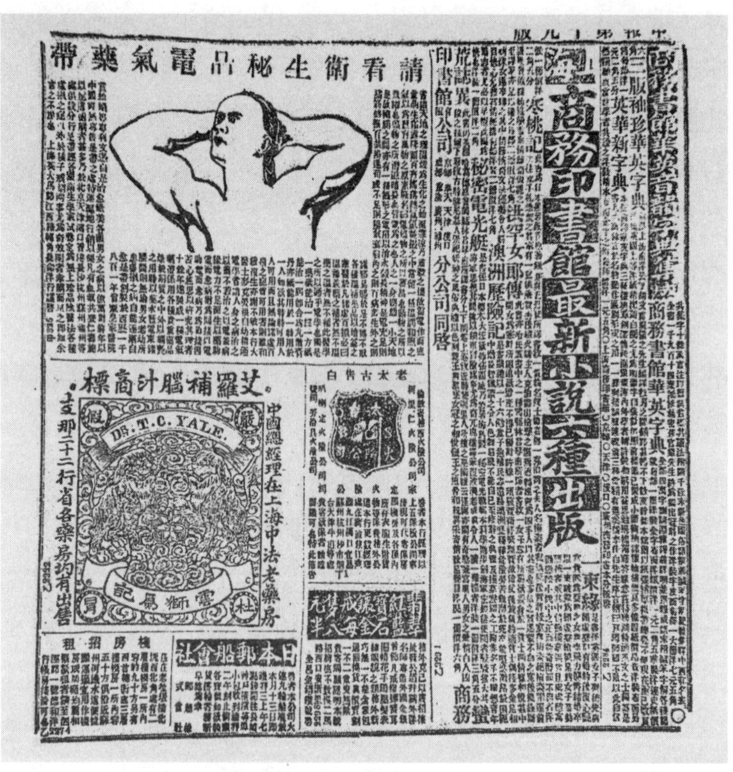

图 14 《秘密电光艇》广告（《申报》1906 年 7 月 3 日）

层内心始终挥之不去，明明是部科幻小说，其广告中充斥的却是富国强民的启蒙诉求，关于科学的想象却不着一字。

小说广告中不仅包含了对未来科技的想象，还更进一步用想象构建了乌托邦的社会。1905 年 6 月 2 日的《回头看》广告称："是书以小说题材发明社会主义，假托一人用催眠术致睡，不死亦不醒，沉埋地下石室之内一百余年，经人发掘，一觉醒来另是一番景象。其所纪述之工艺队、公栈房、电俱乐部、公家膳堂、免除关税、改良诉讼，一切组织即欧美自号文明，其程度亦相去甚远。试展读之，真不殊置身极乐世界也。"超现实主义的乌托邦想象，主题已不再局限于科技本身，还涉及司法、经贸、福利等社会结构各方面，来自英国的《百年一觉》却被晚清的知识阶层征用作未来中国的想象，"即欧美自号文明，其程度亦相去甚远"，小说广告中的这一结论制造了"英国打败英国"的怪异局面。看似矛盾的广告折射的是当时国人对于富强中国的迫切盼望，跳跃贫弱的现实，略过自强的过程，急切的国人借用《百年一觉》给国家的崛起设定了百年的期限和模式。该则小说广告对于未来新世界的想象是嫁接在当时社会的框架之上，技术进步、免除关税、刑律制度改革都是晚清社会先进知识群体改造社会的理想。由此可见小说广告所营造的乌托邦其实是与晚清民初的时代与社会生产力交织在一起的，而当时社会的知识精英"认识到有可能创造人类更美好的幸福，便要求扫除当前和社会的弊病，与他们的时代决裂，摒弃旧的传统与宗教、政治偏见，清除那些阻挠他们前进、使他们不得自由的种种遗产，摆脱现行的'陈辞滥调'，超越他们所处的时代”[1]。今天看来，这样的乌托邦想象虽然不成熟，但是准确表达了“时代的深切希望，代表了他那个时代最先进思想的精华”[2]。确切地说，晚清士人虽有启蒙的热情，却没有具体的行动方案与目标，于是只能将未来盲目地指向西方模式，这正是晚清与“五四”的巨大差距。

客观地说，小说广告中想象空间的开放还是释放了积极的信息。新的技术发展是同一定的生产力水平相适应的，这些对于当时中国人相当陌生的“科学”，代表的是背后新兴而强势的资本主义生产力，它们的输入进一步冲垮封建社会在中国普通民众心中的残余，更多的中国人对这个“科学”的社会由好奇变成向往。科幻小说的输入，无疑推进了已经停滞长久的中国科技进步之路，以新技术带动生产力发展。而在封建传统中国，释道思想有着极其深厚的民众基础，几乎所有人都将人力所不能及之处交于神佛，在虚构的神佛面前，当时的民族性格呈现出一种奴性和消极品质，而科幻小说的引入，无疑为普通中国人打开一扇通往人力至上的世界的窗，人的力量可以超过虚构的神佛。它的意义不仅仅在破除封建迷信，更是对人的一种自我认同和解放，崇拜神佛是封建时代的臣民，而崇尚科学则是现代性的“新民”。“科学的力量在于它将普遍主义的世界观与一种民族主义的/世界主义的社会体制密切地关联起来，最终通过合理化的知识分工和社会分工将各种类型和取

---

① 汪晖：《现代中国思想的兴起（下部第二卷）·科学话语共同体》，三联书店出版社 2008 年版，第 249 页。

② ［美］乔·奥·赫茨勒：《乌托邦思想史》，商务印书馆 1990 年版，第 221 页。

向的人类生活囊括在它的广泛的谱系内部。”①

4. 中国式的叙事传统

晚清知识阶层受线性史观影响而采取了反传统的姿态，似乎只有和旧的传统决裂才能进入新的现代化社会，然而这种主观的意愿并不代表客观在事实上割断了与传统的纽带，相反贯穿小说广告的中国传统话语暴露出他们与传统的紧密糅合。

这一时期刊载在《申报》上的启蒙性质的小说广告种类多为译介。帝国的知识精英们也许没发觉，从一开始他们对于现代西方的解读就是建立在中国传统框架内的。1905 年 6 月 2 日刊载的《万里寻亲记》广告讲述了一个极具中国传统价值核心色彩的“孝子寻亲”的故事，“写一美洲童子，年仅十一龄，寄居亲串家。其父母远客他乡，久不通信。童子不耐其亲串苛待，思归依其父母而不知所在，乃只身就道访问踪迹，历无数苦难，渡大西洋至法都巴黎，于无意之中卒遇父母于某客邸，遂得完聚”。同年 9 月 21 日刊载的《鬼山狼侠传》广告（见图 10）中将传统小说要素之神魔、才子佳人与西方小说的探险题材杂糅在一起，这种主观叠加而非有机融合使得广告中的小说呈现出不中不西的特征，“其间杂叙以神巫屠人惨状，妖狐奇鬼杂出其间……中间有莲花娘情事一段，情节颇奇，可见男女之情虽野蛮亦不免”。10 月 5 日刊载的《英孝子火山报仇录》广告（见图 11）讲述了一个孝子为父报仇，得富贵而不取，与原配相携的

① ［美］郭颖颐：《中国现代思想中的唯科学主义》，雷颐译，江苏人民出版社 1998 年版，第 167 页。

故事，很显然广告将英孝子塑造成一个儒家道德的典范。

1906 年 1 月 28 日刊载的《撒克逊劫后英雄略》广告（图 15）中突出了中国传统小说题材元素："美人情愫，武士精神"；6 月 25 日刊载的《一柬缘》广告（见图 14）讲述了一个女子因贪慕虚荣而伪装他人与权贵结婚，事败后却为权贵所杀的故事，广告强调该故事"足为女子慕势缺德者鉴"，广告的逻辑是因果报应说，小说中有关爱情与婚姻的部分被隐去，剩下的只有以恶有恶报来警戒女性行为的动机。7 月 27 日刊载

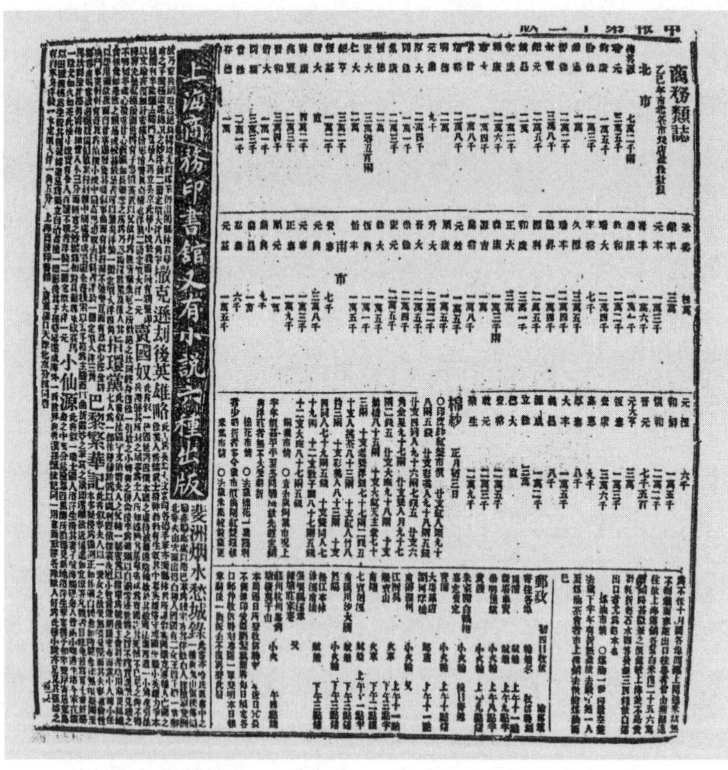
商務類誌

上海商務印書館又有小說六種出版

撒克遜劫後英雄略

賣國奴

指環黨

巴黎繁華記

小仙源

斐洲烟水愁城錄

图 15 《撒克逊劫后英雄略》广告（《申报》1906 年 1 月 28 日）

的《寒牡丹》广告在儒教传统道德的框架内塑造了一个贞节贤惠的女子形象，“此书叙俄国士官某携二友雪天乘橇出游，见良家一女子，艳之，乘醉与共劫女赴酒家，迫之侑酒，且强污焉。女卒讼与俄皇得直，判某取女为妻……女慧而贤，持家井井。后某病于戍所，女代为乞恩，亲往迎之归，遂相携老”。广告中被污损的“良家女子”没有反抗暴行，反倒成为施暴者的贤妻，站在女权主义的立场，这是一个遭受压迫却没觉悟的可悲的旧式女子；“在儒学世界中，日常生活的最重要部分无疑是家庭生活，而家庭生活可以说是儒学家庭主义的最直接体现”①，从日常生活的儒学传统出发，这个女子堪称是家庭主义的典范。而儒学世界的家庭主义与近代西方的女性主义分别是根源于各自文化传统的，程朱理学对于女性价值的设定局限于家庭范围，传统文化中女性被视为不完整的存在，她们从属于家庭，依附于男性，“女性在生物学意义上比男性低级，在社会学意义上受男性统治，而在文化上更是缺席的、沉默的、被歪曲的和被压抑的——一句话，女性是他在的”②。该则小说广告从传统的家庭主义的逻辑出发，站在男权话语立场，塑造了一个今天看来没有觉悟、没有个体意识的“良家女子”。时值晚清，西风东渐，女性主义思潮已经开始在中国萌发，给用以启蒙的小说，配上体现传统最消极因素的广告，不能不让人惊叹作为思想文化体系的传统的强大与压迫。除了在广告中掺入传统小说的元素，时人还在传统小说的思维框架内创作小说广

---

① 夏光：《东亚现代性与西方现代性——从文化的角度看》，三联书店出版社2005年版，第295页。

② 同上书，第300页。

告。1906 年 7 月 27 日刊载的《阱中花》广告就是完全按照公案小说的模式结构了故事情节，一则因爱生妒嫁祸谋杀的公案故事，一个冤屈加身却无力反抗的女子，一位英明的君主，一个大团圆的结局，这样的故事架构在中国古代白话小说中很是普遍，小说广告塑造的完全是一个国外版的公案小说。

不仅在广告叙事过程中充分体现了中国传统的影响，广告中的评论甚至小说书名的翻译都昭示着传统无处不在。1905 年 8 月 2 日《埃及金塔剖尸记》广告（图 16）评论说：“吾

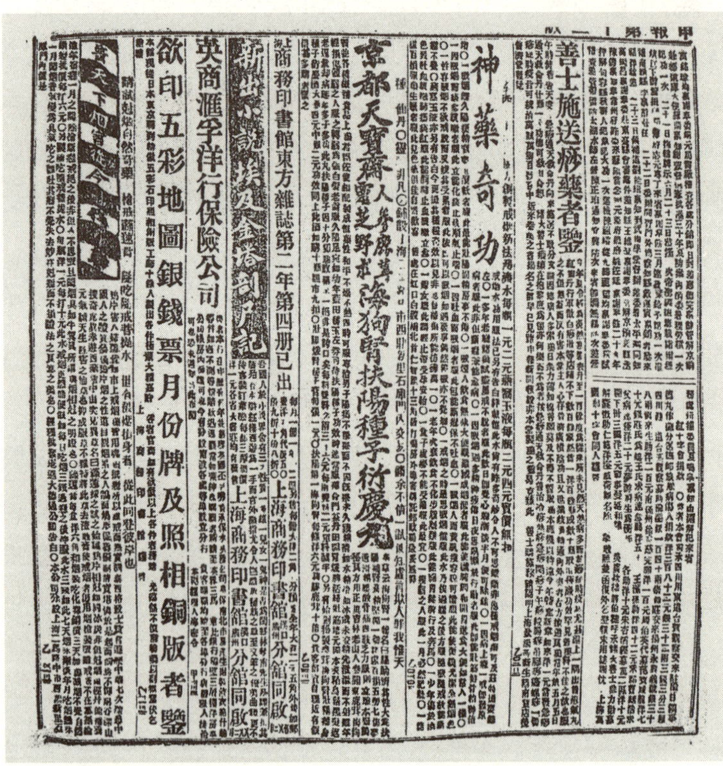
善士施送痧藥者鑒
神藥奇功
京都天寶齋人參鹿茸海狗腎扶陽種子衍慶丸
商務印書館東方雜誌第二年第四册已出
上海商務印書館
英商滙孚洋行保險公司
欲印五彩地圖銀錢票月份牌及照相銅版者鑒

图 16 《埃及金塔剖尸记》广告（《申报》1905 年 8 月 2 日）

国人于小说界含三分性质：英雄，儿女，鬼神。”而该小说则兼具“《水浒》、《红楼》、《西游》为一手”，用中国传统小说文论的旧瓶装域外小说的新酒，这种比附的策略对于晚清的小说读者却很适用。虽然启蒙之风劲刮，但西方仍然陌生，用熟悉的模式解开陌生的世界，尽管效果不免产生变形，但对于缺乏现代性经验的时人来说，传统是他们抛不开的知识基础。用中国传统的编码方式来解码西方，于是就出现了一系列打上传统烙印的小说译名。《申报》小说广告中的《海外轩渠录》就是《格列佛游记》，相比后面这个被广为接受的译名，前者的书名体现的是精英审美与文人传统；《银钮碑》就是现在的《当代英雄》，而《三个火枪手》、《老古玩店》在当时的广告上分别叫作《侠隐记》、《孝女耐儿传》，“侠”与“孝女”是代表中国文化传统的符号；《申报》小说广告中的《拊掌录》、《孤星泪》、《块肉余生述》对应的当代译名分别是《见闻杂记》、《悲惨世界》、《大卫·科波菲尔》。奇怪的是这些翻译小说的晚清译名对于置身全球化语境下的我们，反而产生了陌生化的效果，这从侧面说明传统的衰减有其周期性。时至今日，传统中的一部分正离我们远去；但是对于晚清那些急于启蒙的士人来说，作为启蒙范本的“西方”更多地存在于想象中，无论他们以何种方式与传统决裂，隔着文本看西方的模糊使得他们自觉不自觉地从传统中寻找解读的方式。

中国式的叙事传统，一方面是有意迎合当时小说读者的接受基础。如果将小说文本从西方到东方的传播看成是一个符号的流通过程，并将之放置在霍尔的理论架构内，我们会发现从西方到东方“编码和解码的符码也许并不是完全对称的。

对称的程度——即在传达交流中'理解'和'误解'的程度——依赖于'人格化'、编码者——生产者和解码者——接收者所处的位置之间建立的对称/不对称的程度"[①]。所谓"人格化"亦即解码者自身的知识结构、社会属性以及性格爱好。传播学理论中的"选择性假说"通过实证主义的方法证明受众中存在"选择性接受"的事实，浸润在程朱理学官方意识形态中的晚清小说读者，其阅读趣味是由传统小说培养的。上述两个因素，势必会在域外小说及文化的接受中产生选择性行为。而编码者与解码者之间的位置显然是不对等的，现代西方文明将包括中国在内的东方视为落后的"他者"；晚清中国知识阶层对于西方的了解也是间接而肤浅的，传教士与来自西方的文本构成了他们想象西方的基石，对西方编码方式的不了解在另一方面促使他们用自身文化系统的解码机制来翻译异质文化。小说文本从西方出发旅行到东方，"通常唤起了扩张、启蒙、进步和目的论历史等观念"。[②]"进入新环境的路绝非畅通无阻，而是必然会牵涉到与始发点情况不同的再现和制度化的过程。这就使关于理论和观念的移植、转移、流通以及交换的所有说明变得复杂化了。"[③]

基于传统的误译在小说广告中同样存在，对此学界多从西方文本出发研究误译的原因；小说广告中的中国式叙事传

① 罗钢、刘向愚主编：《文化研究读本》，中国社会科学出版社 2000 年版，第 348 页。

② 刘禾：《跨语际实践——文学、民族文化与被译介的现代性》，三联书店出版社 2002 年版，第 28 页。

③ [美] 爱德华·W. 赛义德：《赛义德自选集》，谢少波、韩刚等译，中国社会科学出版社 1999 年版，第 138 页。

统则提示了研究的另一个维度,即从晚清中国社会出发。一般来说,“异域文化的‘入侵’都要遭到译入语文化的抵制,长驱直入的情况并不多见”[①]。域外小说广告中处处可见的中国元素就可视为传统的抵抗,翻译过程其实是一个互文的过程,不仅可以得出现代西方对晚清中国的影响路线,也能反射出近代化进程中的帝国是如何看待它眼中的西方。

5. 题材向现实回归

不同于前一时期的小说广告题材,或是虚构的才子佳人,或是忠臣事迹传,或是漫无边际的谈神说怪,这一时期的小说题材出现了向现实回归的趋势。

1905 年 7 月 31 日刊载的《苦社会》即取材于美国拒华风潮,广告(图 17)称:“是书自华工赴美之始已迄今日,历将工头之如何行骗,沿途之如何受苦,及抵美后矿主之如何虐待,种种残酷能令见者发指,闻者心寒。共四十八回,类皆实事实情。”《新儿女英雄传》的广告一开篇即称小说记述的是假维新党之事,1907 年 10 月 14 日刊载号称“新小说”的《扫迷帚》,广告突出的是“破除迷信”;同年 11 月 17 日刊载“社会小说”《时髦现形记》广告(图 18):“此书专写旧学、绅界之丑态,大权独揽,趋附如蝇,唯利是图,算无遗策。观其卑鄙龌龊,令人愤恨悲怜,观其百计营谋,辗转受骗,又足令人喷饭。至若揽权而权利被夺,贪利而利不克保,尤有劝诫之意寓乎其中。”1908

① 孙艺风:《视角、阐释、文化——文学翻译与翻译理论》,清华大学出版社 2004 年版,第 69 页。

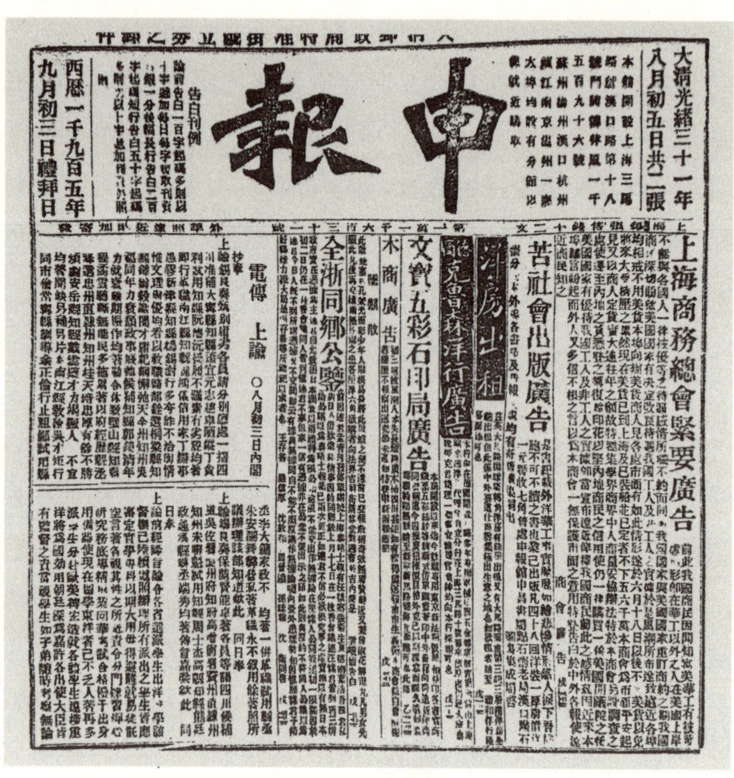

申報

大清光緒三十一年八月初五日共二張

西歷一千九百五年九月初三日禮拜日

上海商務總會緊要廣告

苦社會出版廣告

洋房出租

文寶五彩石印局廣告

木商廣告

全浙同鄉公鑒

電傳上諭

图 17 《苦社会》广告(《申报》1905 年 9 月 3 日)

年1 月1 日刊载《家庭现形记》广告:“现在预备立宪首重,地方自治惟是社会习惯、家庭儿女与社会改良最匪易。著者知感人之深莫若小说,或用记事或用寓言,务使趣味浓深,引人入胜。”彼时正值清廷最后一次雄心勃勃的救亡运动“预备立宪”期间,小说广告的现实指向性强烈,不仅题材取自现实,还在广告中发表政见,分析立宪难点,提出用小说感化人心的方案。1909 年 8 月 17 日刊载了陆士鄂著《新水浒》广告:“借梁山泊之人名,演新社会之怪状。全书宗旨以文明面目、强盗肝

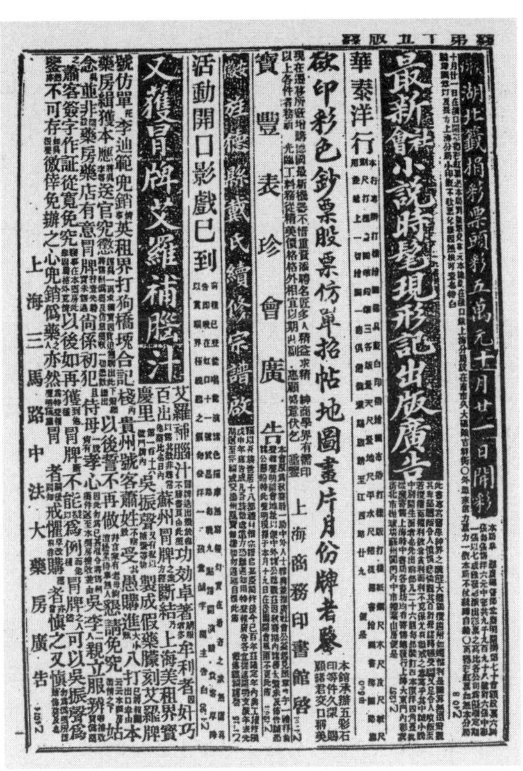

湖北鐵捐彩票頭彩五萬元 十月廿二日開彩

最新社會小說時髦現形記出版廣告

華泰洋行

欲印彩色鈔票股票仿單招帖地圖畫片月份牌者鑒

上海商務印書館啓

寶豐表珍會廣告

戴氏續修宗譜啟

活動開口影戲已到

又獲冒牌艾羅補腦汁

艾羅補腦汁功效卓著 牟利者奸巧百出 蘇州冒牌斷結 上海美租界寶慶里吳振聲製成假藥 膝刻艾羅牌號仿單 李迪範兜銷 英租界打狗橋𤰈合記棧 貴州號客蕭姓受其愚購進 大小八打 本藥房緝獲本應送官究懲 以後誓不再做 懇請免究 姑念並非藥房藥店有意冒牌 尚係初犯 且侍母孝心 吳李二人親立服辯 之蕭客簽字作証 從寬免究 以後如再獲冒牌者 不能為例 冒牌之人可以吳振聲為鑒 不可存徼倖免辦之心 兜銷偽藥亦然 者戒懼 購者慎之又慎

上海三馬路中法大藥房廣告

图 18 《时髦现形记》广告(《申报》1907 年 11 月 17 日)

肠八字为主脑，如铸禹鼎，如然温犀，举新世界之假政治家、假教育家、假实业家、假慈善家，以及官界、商界、学界、警界之假公济私。”《新西游》的广告则更进一步宣称：“官场现形记、教习现形记、男学堂现形记、女学堂现形记、选举现形记、警察现形记、嫖界现形记、青楼现形记，诸现形记而成一新社会现形记。”10 月 14 日刊载《骗术奇谈》的广告更加耸人听闻，全然写实的广告话语中是非曲直的道德观被边缘化，剩下的只有惊悚、夸张、奇谈，刺激广告受众内心膨胀的窥探欲，“搜罗新奇骗术，计得百则。有达官贵人而受骗者，有乞儿贫妇而受骗者，有骚人雅士而受骗者。至各店铺受骗者尤多，甚至骗人者或亦为人所骗。奇之又奇，幻之又幻，世路之险，防不胜防”。1910年1月26日刊载的《滑稽生》广告将“险恶的世道”的意向推向极致：“是书借滑稽生口舌摹写一般新社会之恶德，世风日短，人心不古，大可作社会事实读。”1910年11月25日刊载《女界现形记》的广告则完全抹黑清末民初的女性社会：“备写女社会态，如世家良室妇女、女豪杰、女教习、女学生，小家妇女如缫湖丝、拣鸡毛、轧棉花等，甚至女尼、女医、女巫、女伎、女优，甚至大名鼎鼎女滑头、女嫖客，一切吊膀子、上台基、放白鸽、仙人跳，鬼鬼祟祟、奇奇怪怪之事，罔不毕具。”在这则广告营造的拟态社会中，当时中国几千万妇女已再无一人是好人。11月29日又刊载了大名鼎鼎的《最近社会之龌龊史》广告：“所记多近十年社会上怪怪奇奇龌龊情状……读之不啻身游其境，令人生无限感慨，增不少阅历。”社会为作品提供素材，作品可以视为作者对社会的评价。小说广告以陆士鄂之名一举将十年社会定位“龌龊”，名人名著的影响力自然不同凡响，晚清最后十年的社会发展就这样被一锤定音。该类小说广告再次印证了绪论部分有关广告功能的论述，通过对某些可以激发阅读的兴奋点进行极致的夸张与叫卖，以求达到销售数量的最大化。从这一时期《申报》上频繁刊载的“黑幕小说”广告可知“揭丑”类小说受到晚清小说消费市场的追捧程度，广告主为了迎合市场趣味，在小说广告中竭尽所能地丑化当时社会，彼时媒介“社会责任论”尚未兴起，当时羸弱的政府也无力管束纷乱的意识形态、引导主旋律，该类小说广告无疑成为大众媒介营造罪恶社会拟态环境的帮凶，而广告主与大众传媒对广告负面传播效果的忽视也加剧了悲观情绪在清末民初社会的扩散。

现实主义是“五四”以后中国文坛的绝对主流，近代小说的现实主义倾向是内外力联合作用的产物。以上广告推销的小说全部是晚清国人原创，很明显这是对梁启超小说有助于群治观念的直接回应。袁进教授在《中国文学的近代变革》中探讨了现实主义思潮在晚清迅速崛起的原因：“用文学改造社会，现实主义是一种比较有力的文学，它直接批判黑暗现实，能够直接干预现实，起到舆论监督作用。中国近现代以来，报刊作为舆论监督的工具，不断受到政府新闻检查的干扰”，“由于对文学的控制不像对新闻的控制那么严格，于是一部分由新闻媒体发挥的职能转由文学来发挥”。① 实用主义的创作观导致了小说的新闻化，小说广告隐藏的叙事者俨然将自己视为代社会立言，“记者视点”的舆论监督充斥这类小说广告的话语策略。外力的作用显然来自晚清那场旷日持久、用心良苦的译介小说运动了，曾经在《申报》刊载广告的《巴黎茶花女遗事》、《孝女耐儿传》、《块肉余生叙》、《孤星泪》等几可被划为现实主义范畴②，这些被当成启蒙工具翻译的小说自然会对当时中国的文学思潮发生影响。

黑幕小说兴盛的最直接的原因是当时的社会现状。晚清末世国力衰弱、内忧外患，王纲解纽、政权崩溃，列强环伺、无

① 袁进：《中国文学的近代变革》，广西师范大学出版社 2006 年版，第 281 页。
② 同上书，第 285 页。

力应付，政府无能使社会出现巨大权力真空，各种势力轮番登场，社会失序、道德失范，末世中的人心动荡、戾气浮露，不堪的社会现实为黑幕小说提供了丰富的素材。如果说《苦社会》、《新儿女英雄传》、《扫迷帚》、《家庭现形记》的广告词还能体现作者的责任心与道义感，用小说干预社会现实，那么《时髦现形记》、《新水浒》、《新西游》、《骗术奇谈》、《滑稽生》、《女界现形记》的小说广告的整体格调就呈现出急剧下降的趋势。

这些广告除了将严峻的社会现实娱乐化后出售给有窥探欲的读者，就是不遗余力地妖魔化社会了。“揭黑小说实是典型的文学窥恶现象，与伦理习俗、传统观念及社会禁忌密切相关。从作者的角度来讲，时代浪潮的冲击使他们经受了身心双重拷问，一方面试图固守忠孝节义的传统道德底线，一方面又备受来自人欲横流物质世界的诱惑，于是将这种矛盾与困惑倾注于窥恶书写，偷窥黑幕的同时揭开自己人性深处的阴暗丑陋及被压抑的欲望；从读者的角度来讲，对黑幕小说的追捧更表现为一种好奇之窥及欲望之窥。”[①]此类揭黑小说的大量衍生，一方面反映了主要消费市场的下层社会的阅读格调，另一方面在客观上也促进了下层社会文化品位的进一步趋俗，将社会丑恶面作为消费品来消费，满足人性黑暗面的窥探欲、破坏欲。“现形”二字透露出这些小说是由《官场现形记》肇始，“现形”一词在汉语语汇中是贬义色彩的动词，小说广告将晚清社会比作魑魅魍魉，在小说中“现出原形”，明明置身于这样的社会中，广

---

① 施晔：《近代城市黑幕小说的再审视》，《社会科学》2013年第3期。

告作者在描述之间却仿佛置身事外，竭尽夸张扭曲之力，为小说潜在受众营造一个隔岸观火般的西洋镜。晚清的启蒙已有时日，这些小说广告中却看不出叙事者作为社会一员应有的责任感。小说广告中营造的社会混乱不堪，人心不古，“龌龊”、“丑态”、“恶德”流露出帝国民众在长达半个世纪的家国危机中对社会现实的深深失望，忍耐力已到极限，在悲观已极的情绪中对现实社会肆意丑化，获得破坏后的快感。这点和当代电影的“黑帮片”似有相似之处，在丑化中释放被压抑的情绪。另一方面，用小说改造社会的目的注定了小说只着眼于社会体制，“它的着眼点本来就不在‘表现人生’上，对丑闻恶俗抱着‘就事论事’的态度”。[①] 因为不关心，所以小说广告中才会“穷极异形，振厉末俗”，而广告作者的个人体验也就相应缺席了。对于广告受众来说，既然这些小说广告突出其舆论监督的功能，消费这样的小说也就具有检测身边环境的效果，从而产生一种参与了社会现实的感觉。

这一时期的小说广告总体上是体现了启蒙精英们的功利主义文学观，但是精英视角也遮蔽了这一时期小说运动中超出掌控的部分，黑幕小说的泛滥之势及刺激露骨、不负责任的话语策略就代表了现实社会的嗜好。晚清的启蒙更像是对西方文明碎片的拼接，想象多过实证，愿望大过规划，想象中的西方身影模糊，碎片般的西方文明光怪陆离，启蒙的感性多过理性。回望晚清，“科学被看成宗教，并对之产生迷信，这种

① 袁进：《中国小说的近代变革》，中国社会科学出版社 1992 年版，第 55 页。

'科学迷'式的科学主义是很不科学的"[①]。唯科学的技术论缺乏对国家发展方向系统、具体的规划，这一切导致启蒙大潮汹涌而来却无声散去；1908 年后的《申报》小说广告为言情小说所占领，在启蒙狂想与生活消闲中，民间社会选择回到后者。

三、1912—1917：民族主义与身份体认

与在中国近代化历程上产生过重大影响的进化论、原富论等不一样，民族主义在近代中国并不是舶来品，而是一直以来潜伏在民族性格中的因子，因为非我族类入侵中原而引起的民族反抗贯穿历史；而有清一朝，因为满族入主中原，统治优势文化民族——汉族而引起的反抗，更是自清朝入关直至宣统逊位从未停止，甚至辛亥革命的合法性也来自民族主义。

近代中国的民族主义的兴起，最初是从社会普遍心理开始，经由启蒙思想家各种方式的鼓吹，伴随着国难深重，这股思潮越来越盛，并在 20 世纪初的几十年变成社会主流意识形态。正如安德森提示的那样，"民族"本质上是一种现代的想象形式，小说与报纸为"重现"民族这种想象的共同体提供了技术手段。[②] 全新的意识形态与印刷资本主义

① 林毓生：《中国意识的危机——五四时期激烈的反传统主义》，贵州人民出版社 1986 年版，第 338 页。

② 参见[美] 本尼迪克特·安德森：《想象的共同体——民族主义的起源与散布》，上海人民出版社 2005 年版，第 8 页。

结盟，利用小说这一大众文化代表作载体，在报刊这一公共领域中以民族为主题召唤起一个想象的社群，“晚清时期的中国知识分子同时在缔造两样东西：公共领域和民族国家”①，“民族—国家”成为这一时期小说广告的重点诉求。自民国初年始，《申报》所刊载的小说广告的种类与格调也在发生转移。1900 至 1910 年期间商务印书馆大量推出的隶属精英文化的启蒙小说广告在民国初年的《申报》上数量减少，自 1911 年始小说的载道功能逐渐衰减，作为休闲娱乐品的小说广告数量快速增加，卸下教科书职能的小说增加了迎合市场的力度，在消费社会的背景下解读近代民族主义，探究清末民初的一般民众是如何用通俗文化解码民族主义的宏大叙事。

意识形态是服务于权力的意义，权力是生产性的，话语、身份都可以生产权力。民族主义作为一种新的主流意识形态强势出现在小说广告中，可以使阅读者迅速产生一种超越性别、阶级、年龄的身份认同，用民族来统领小说广告受众分散的个人身份，使得个人通过消费具有民族主义色彩的小说获得当下具有权力意义的新身份，并且想象自己从旧有“王朝—臣民”话语体系中的权力边缘位置，到现在“民族—国家”话语体系中的权力中心位置。

1. 作为民族的种族

小说广告中的民族概念，最初是以种族的面貌出现的。

---

① 李鸥梵：《未完成的现代性》，北京大学出版社 2005 年版，第 9 页。

1905年9月23日刊出的《鬼山狼侠传》广告中用“黑族”为广大非洲地区的人种命名，1906年1月28日刊载的《斐洲烟水愁城录》广告（见图15）中用肤色为虚构的国度命名“白种人国”，同日刊载的《撒克逊劫后英雄略》广告（见图15）讲述了一个“撒克逊种人亡国之余”的故事，广告中塑造了保种复国的英雄群像，“老英雄恪守祖国伏腊，小英雄力争本种权利，卒能驱去脑门异种，再立英京”。1906年7月3日刊载《蛮荒志异》广告（见图14），“上卷叙近时斐洲黑人所擅之巫事……白人凶狡之伎俩”。广告言说中肤色代替了领土与国籍，成为群体标志。同年11月21日刊载的《侠黑奴》广告开头便称：“白人虐待黑人，由此可见大概”，种族矛盾替代“民族—国家”矛盾，成为殖民主义的罪证。

这样的划分显然是受了近代西方“人种学”影响，需要指出的是“人种学”的划分完全是出自生物学依据，并无任何种族、民族、国家等意识形态指涉，但是小说广告中对“人种学”的征用却是完全非生物学的，体现了族类民族主义的意图。“所谓族类民族主义是指离开了社会经济的发展，特别是近代经济市场化、工业化、城市化的发展，而直接从物竞天择优胜劣败的生物进化论来判断民族的特点和命运。”①“黑”与“白”不仅是肤色的区分，更暗指种群的优劣，体现了以人种划分民族的意识形态意图，肤色也是政治。中国传统审美标准中，白优于黑，肤如凝脂是美人的标志之一，小说广告中“黑”与“白”

① 姜义华：《论二十世纪中国的民族主义》，《复旦学报·社会科学版》1993年第3期。

的隐喻已经超越审美，置身在民族—国家的宏大话语下，白种人是主宰者、黑种人被主宰是小说广告中不断强调的事实。“白人虐待黑人”、“白人凶狡”直接指向中国近代史上著名的“白祸论”。在国门被坚船利炮轰开之前，沉睡中世纪的中国人一直享受着“天朝上国”的优越感，彼时世界观的主流是我国为“四海中央”，而周边的朝鲜、越南等则长期将中国奉为宗主国。中国是文化和意识形态的输出国，是周边贸易的主导国，在士大夫阶层的世界观中，中国是享有霸权地位的，而这种地位的确立甚至不需要动用武力，只需要持续输出文化即可。1840 年的鸦片战争，最先拿着先进武器逼迫中国开埠的就是“白种人”，那时中国人主要通过肤色、发色、眼球颜色的界定来代替对国籍的界定；而“白种人”不仅在中国传统势力范围同中国争夺霸权地位，甚至将殖民范围扩大进中国版图，在民间心理中，与我族类肤色不一的“白种人”对我们产生了民族压迫。

晚清士人在小说广告中不断重申白人作为殖民者的故事，实际上也体现了当时国人对于亡国灭种的焦虑与紧张。通过此类小说的译介，得出一个寓言性的结论：如果不自强，黄种的中国人将步黑种人的后尘，成为白种人的殖民对象。“种族灭绝的幽灵传达了对变革使命的紧迫感。重复进一步加强了言语的力量：种族被用锤子钉入读者的喉管。”①这一结论的根据是对近代中国思想产生巨大影响的社会达尔文主义，“物竞天择，优胜劣汰”，种族和民族在这个逻辑下重合，于

① ［英］冯客：《近代中国之种族观念》，江苏人民出版社 1999 年版，第 71 页。

是保国与保种同时成为晚清社会的头号议题。梁启超在《新民说》第一卷中，将白种人肢解成拉丁人、斯拉夫人和条顿人，条顿人可以进一步细化为德国人和撒克逊人，而后者被证明是唯一优秀的民族，白种人被约减成盎格鲁—撒克逊人而存在①，而这个种群正是1840年最先侵入中国版图的外族人，于是盎格鲁—撒克逊人在小说广告中同时成为敌人与启蒙的标杆。近代中国一方面将西方作为学习的样本，一方面又要抵抗来自西方的殖民，这使得近代中国的民族主义陷入两难，既要进入现代化又要反抗西方殖民，既要学习西方文明又要警惕西方以文明的名义侵入中国。

2. 革命与野史

1911年，通过辛亥革命，统治中原260多年的满清政权彻底垮台，这不仅是资产阶级革命派对封建政权的胜利取代，也可以看成自清入关开始就从未停止过的反满抗争的胜利。革命的过程使得民族主义的概念逐渐清晰，从挪用人种学的分类到范围清晰、目标明确的近代民族主义，存在于小说广告中的变化非常明显。

关于中国近代民族主义的兴起与传播的研究，长期以来都在两种范式的局限内进行："自上而下和自下而上。第一种模式探究了知识分子、军人和政治领导者在民族国家创建中的角色。第二种模式则调查了在特殊语境下民族主义的发

---

① 转引自[英]冯客：《近代中国之种族观念》，江苏人民出版社1999年版，第78页。

展，例如当地风俗习惯和宗教习俗的扩张使民族主义有更多的舞台，以及驱逐传教士或者围困外国商行这样零星的反帝主义行为的影响。”[①]以上两种范式都是建立在政治话语下的民族主义研究，因此截取民国初年的小说广告作为研究样本，是将研究的领域从精英话语拓展到一般社会、研究的重点从政治权力向社会心理的转移。

有学者认为近代民族主义的特征有三种：“一是反对民族压迫，以民族独立为标志，其中既反对来自国内的民族压迫，又反对来自国外的民族压迫；二是始终与民族主义、爱国主义相结合；三是不断克服狭隘情绪，理性民族主义占主流。”[②]直到革命成功前，国家重点政治诉求是结束封建专制政权统治，由于清政府是少数民族政权，民主革命同时兼具民族主义色彩。晚清的政治精英如孙中山就为辛亥革命提出了“驱除鞑虏，恢复中华”的目标，将“排满”视为革命的任务之一；章炳麟更是不遗余力地鼓吹“排满”，他在《驳康有为论革命书》中辩驳说：“夫满洲种族，是曰东胡，西方谓之通古斯种，固与匈奴殊类。虽以匈奴言之，彼既大去华夏，永滞不毛，言语政教，饮食居处，一切自异于域内，犹得谓之同种也耶?”显然孙、章二人“排满”的理论支撑来自传统观念中的“华夷之辨”。“在 20 世纪初这一特定历史场景，建立在‘华尊夷卑’之基础上的‘华夷之辨’或‘夷夏大防’的观念还和西方近代的民族主义一道，共同构成了中国近代民族

① ［美］葛凯：《制造中国——消费文化与民族国家的创建》，北京大学出版社 2007 年版，第 5 页。

② 史革新：《中国近代民族主义特征之我见》，《史学月刊》2006 年 1 月。

主义的思想来源。”[①]相比政治精英话语背后的权力意图，小说广告中的排满与革命由于商业意图的渗透少了政治使命感，而是被当成促销小说的卖点。

1912年开始，《申报》开始出现以清史为题材的小说广告，“宫闱秘史”与“朝堂政治”成为广告的重点诉求，“非我族类其心必异”、“华尊夷卑”等精英话语中的极端言论没有出现。广告将批判的重点放在满清政权统治能力低下而导致的国辱上，使得这种反对超越了梁启超所定义的汉族与其他民族间的“小民族主义”狭隘色彩，就这个层面来说，《申报》小说广告中的反满比邹容、章炳麟等提倡民族主义的精英更加高屋建瓴。4月24日《申报》头版用加粗黑体大字刊载了《满夷滑夏始末记》的广告（图19）：“自满族原始至退位诏末，本馆为彰闻满清一代稗史，搜集秘本苛禁之书数十百种……构造共和秘史、宫闱丑态、冠首革命伟人真相。”广告沿袭了晚清黑幕小说广告揭丑的叙事策略，根据潜在消费群体的阅读喜好将“满清一代稗史”、“野史”等词的字体放大加粗，以视觉冲击刺激消费，书名中的“满夷滑夏”将满族视为来自异族的入侵者，在满清统治结束后仍然沿袭这种“满族”与“汉族”的区隔，所反映的不仅仅是梁启超意义上的“小民族主义”，更可能暗含着在深重的家国危机中保持汉民族统一性的意图。“集团只要保持它自身的统一，那么它也就不会以一种宽容的态度去接受他者、尤其是异质性的他者。一方面，他者的异质性会

① 郑大华：《论近代中国民族主义的思想来源及形成》，《浙江学刊》2007年第1期。

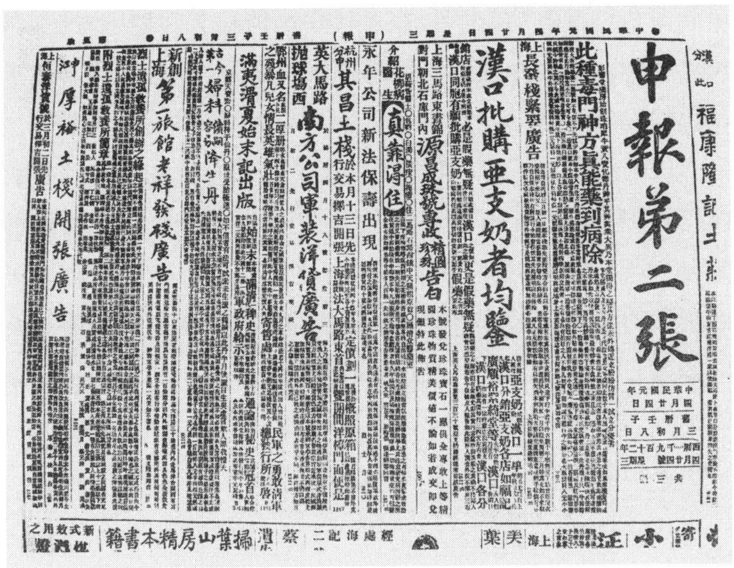

申報第二張

此種毒門神方眞能藥到病除

上海長發棧緊要廣告

漢口批購亞支奶者均鑒

永年公司新法保壽出現

杭州其昌土棧

英大馬路拋球場西 南方公司軍裝洋貨廣告

滿夷滑夏始末記出版

新創上海第一旅館老祥發棧廣告

冲厚裕土棧開張廣告

图 19 《满夷滑夏始末记》广告(《申报》1912 年 4 月 24 日)

破坏集团自身的统一,使集团内在的凝聚力出现崩溃,因此必须彻底地将它加以剔除。另一方面,通过与这样的他者进行对抗,自我统一的原理、即同一性的自觉将会进一步得到增强。”①同一天刊载的《鄂州血》广告(见图 19)则用大字号突出“民军之勇敢、清军之残暴,凡儿女情长,英雄气壮”。这则广告表明小说是以辛亥革命这一政治事件为素材的,因而民主革命本该是这则广告的重心,然而广告中却用“清军”与“民军”来命名政府军与革命军,在广告中社会阶层矛盾被替换为民族矛盾。民主革命和民族主义使得辛亥革命既是资产阶级实现自身权力要求的阶级革命,又是汉民族反抗异族统治的

① [日] 高坂史郎:《近代之挫折:东亚社会与西方文明的碰撞》,吴光辉译,河北人民出版社 2006 年版,第 181 页。

民族革命，这则广告表明，在近代中国的社会转型中，民主与民族主义一度被视为同一问题的两个方面。6 月 1 日刊载了《满清禁书》的销售广告，声称："现在五族共和，无分汉满。"这是孙中山在辛亥革命后对革命党原先极端排满的民族政策的修正，代表了近代民族主义的新发展，即放弃了狭隘的种族——民族主义立场，争取国家独立自强成为这种广泛的民族主义的最高诉求。很显然，这种宽泛的民族范畴能够团结最多数的中国人，其政治目标也最符合近代中国的前途。这则小说广告则证明这一调整已被民间社会接受，国家主权与中华文化的他者已不再是退出历史舞台的清帝国，而是迅速扩张并企图将中国变成其全球殖民版图中的一块的西方强国。

这一时期的小说广告同样高度模式化，政治与野史是此类小说广告的中心议程。11 月 13 日刊载《孽海花》三、四、五、六编出版广告（图 20）："是书借名妓赛金花为主人，叙述清季政界之奇闻秘事"，"两朝政海变迁"、"宫闱秘密"作为商品中心卖点用大字号予以突出。1913 年 9 月 29 日刊载了陆士谔著《清史演义》广告（图 21）："将有清十二朝武功文德、国政朝章以及宫闱秘闻、朝野奇事，悉载靡遗。"国家政治与最高权力者的私生活是此类小说最具吸引力的内容。1913 年 10 月 5 日刊载《清宫二年纪》的广告也不例外地突出"朝堂、宫闱秘闻"，并强调"可信度高，慈禧亲口流露"。12 月 3 日刊载的《清季野史》广告称该书"纪中法之战、中日之战、庚子之乱"以及"庆王外传及清代割地谈"等内容。广告言说策略的模式化大致反映了两种可能，第一，广告创作者的知识储备不足，创

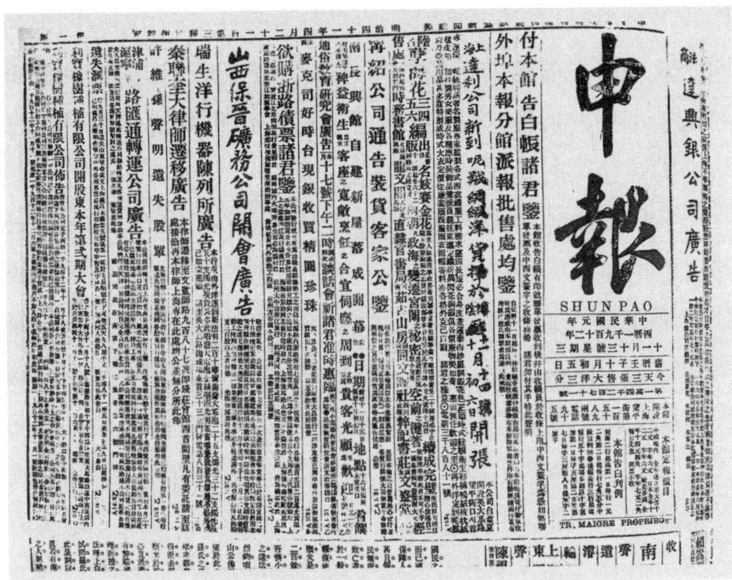

申報

SHUN PAO

中華民國元年

融達興銀公司廣告

付本館告白帳諸君鑒

外埠本報分館派報批售處均鑒

達利公司新到呢絨綢緞洋貨擇於陰曆十月初六日開張

甯紹公司通告裝貨客家公鑒

孽海花三四編出版

南長興館自建新屋落成開幕

通俗教育研究會廣告

麥克司好時台現銀收買精圓珍珠

欲購浙路債票諸君鑒

山西保晉礦務公司開會廣告

瑞生洋行機器陳列所廣告

秦聯奎大律師遷移廣告

津浦滬寧路匯通轉運公司廣告

許維琛聲明遺失股單

利寶橡樹種植有限公司佈告

利寶橡樹種植有限公司開股東本年第式期大會

图 20 《孽海花》广告(《申报》1912 年 11 月 13 日)

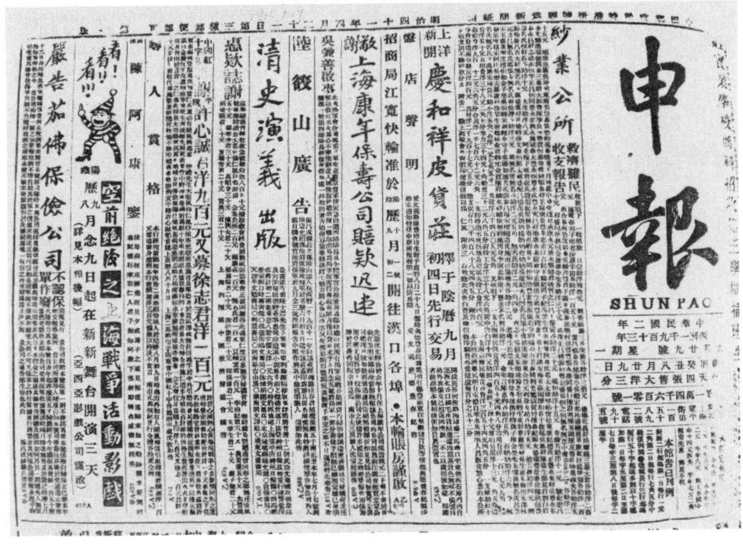

申報

SHUN PAO

中華民國二年

紗業公所 收支報告

上洋新開 慶和祥皮貨莊 擇于陰曆九月初四日先行交易

招商局江寬快輪准於陰曆九月初二號開往漢口各埠

敬謝上海康年保壽公司賠欵迅速

陸筱山廣告

清史演義出版

陳阿康鑒

看!看!!看!!!

空前絕後之上海戰爭活動影戲 陰曆九月念九日起在新新舞台開演三天

廣告茄佛保儉公司

图 21 《清史演义》广告(《申报》1913 年 9 月 29 日)

作能力有限，没意识或者没能力进行差异化营销，即在同一时期的众多同类商品中突显个体的特性；第二，广告所竭力迎合的正是市场的旨趣，当时社会对于民族危机的忧虑以及国家政治的热情同时达到了新的高度。

清代在政治上实行的是高度集权专制，士人阶层在国家政治议题上尚且长期失语，民间的言禁更是苛责。清朝统治结束仅一年，以朝堂政治与皇族私生活为素材的小说就在作为公共空间的大众报刊上频频出现。皇权的神圣一旦堕落凡尘，不仅民间社会的一般民众可以引为谈资、随意批判，就连妓女都可作为目击证人谴责当权阶层；满清最高统治者的私生活不仅公开暴露，而且可以用小说虚构、夸张的手法任意演绎。皇家私生活在小说广告中被当作重要的商品特征进行叫卖，不仅满足了民间社会的窥探欲，也表明了满清皇族的神圣地位彻底瓦解。与精英话语的引经据典、用义正辞严的民族主义理论反满不同，民间社会用消费的方式消解了满清政权的合法性；小说广告中的民族情绪与民主化进程及爱国主义紧密结合，重点批判了满清政权的统治能力低下，从而使得存在于小说广告中的民族主义情绪更趋理性。

3. 作为抵抗的消费

中国近代的民族主义既是我国传统民族主义思想在近代的转型，又是西方近代民族主义思想在中国的引进，这种转变的原因是西方强势入侵引起的中国人的思想观念变化。

1915 年，中日《二十一条》的签订使民族主义在中国以前所未有的高涨之势席卷开来。与之前反抗来自国家内部的民族压迫不同，反抗《二十一条》、“争利权”背景下的民族主义同反帝紧密联结，覆盖面前所未有地广阔，以救亡为目标，超越了晚清以“排满”为口号的种族民族主义。在这场广泛持久的救亡运动中，国家与国民的概念逐渐深入人心，就连小说广告也以救亡图存为中心议程；而小说阅读公众则想象着通过阅读以救亡为目的小说，建构其现代国家国民的身份。

借用梁启超在《政治学大家伯伦知理之学说》中对不同层次民族主义的划分，小民族主义是汉族对于国内他族而言，大民族主义乃是中华民族对于国外诸族，“吾中国言民族者，当于小民族之外，更提倡大民族主义”。① “大民族主义”亦即反抗帝国主义殖民的民族主义。1911 年后形式上的现代民主国家的建立并未缓解来自西方的殖民压迫，于是这一时期的民族主义以反帝爱国的群众运动为主要形式。在小说广告中，现代西方经历了从启蒙榜样到殖民者的转变，曾经笼统的种族压迫也变成指向明确的国家侵略行为。长期以来对于民国初年民族主义的研究，主要瞄准政治文化领域，启蒙精英有关民族国家的言论成为研究的重点，市场与下层社会成为研究的盲点，局限于精英话语的研究使得民间社会被想象成“沉默的大多数”。这种印象恰好与当时实际完全相反，民间社会是民族主义理论最广阔的实践场所，而最有力的抵抗就来自市场。

1915 年 5 月 10 日，专业小说杂志《礼拜六》在第四十九期出版广告(图 22)开头刊出以下文字：“中华民国，世界大族。

---

① 梁启超：《饮冰室合集(十三)》，中华书局 1989 年版，第 75 页。

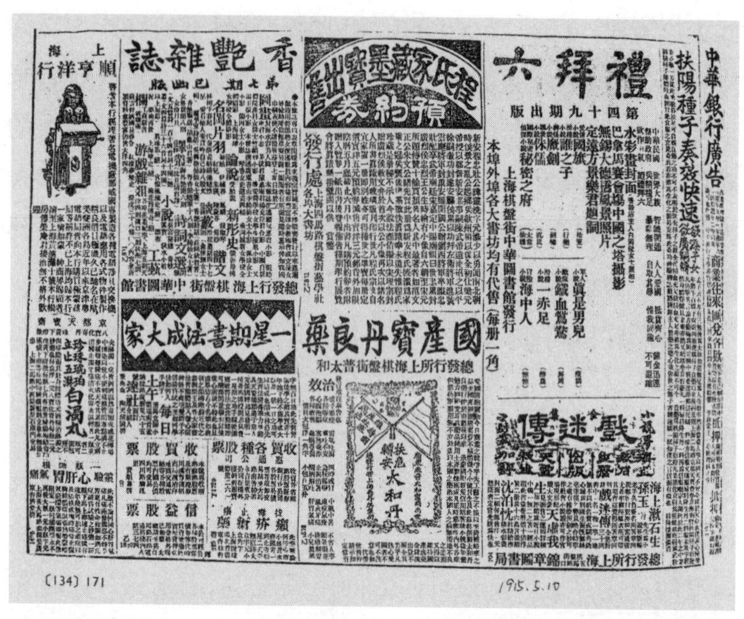
中華銀行廣告

扶陽種子奏效快速

禮拜六

第四十九期出版

本埠外埠各大書坊均有代售（每册一角）

上海棋盤街中華圖書館發行

程氏家藏墨寶出售

預約券

香艷雜誌

第七期已出版

總發行所上海棋盤街中華圖書館

上海 順亨洋行

國產寶丹良藥

一星期書法大成家

戲迷傳

總發行所上海棋盤街中華圖書館

收買股票

信益股票

珍珠琥珀白濁丸

〔134〕171

1915.5.10

图 22 《礼拜六》第四十九期广告(《申报》1915 年 5 月 10 日)

智识开通，人人爱国。抵货齐心，储金迅速。帮助政府，兵精粮足。暴邻无理，自取其辱。惟我同胞，不可退缩。欲作士气，读《礼拜六》。"5 月 15 日的《礼拜六》广告继续刊载爱国言论："嗟乎！国耻至此，尚复何心作小说！然而卧薪尝胆，或能治矣。奴隶自甘，灭种且至。此热心同胞所以痛哭号呼，而我辈小说家不能已于言矣。《礼拜六》向以振作民志为目的，五十一期尤当增刊《国耻录》，以副读者爱国之怀；并有《矮国奇谈》亦痛快淋漓之作，愿诸君留意焉。"5 月 22 日刊载的《礼拜六》出版广告仍将重点放在"爱国宣传"上："阅者诸君注意，本期有《国耻录》详纪中日交涉始末情形，诸君浏览一过，可以暇时转告不识字者，务使村妇野老、妇人孺子无一不知国耻，无一不以雪耻为念。”广告书目中用放大加黑字体突出“爱情小说《为祖国死》”。7 月 5 日第五十七期《礼拜六》出版广告(图 23)开头即用放大字号粗体黑字写道:“青楼中储金救国者小乔女史小影。”这充分说明民族主义的实践已经由启蒙精英扩大到社会各界,爱国不分阶层,连妓女爱国都可以得到如此推崇,1915 年的民族主义浪潮可称是全民性的。除此之外,爱国妓女登上《礼拜六》的广告并被当成国民道德楷模,值得引起关注。妓女在封建中国社会分级中处于后位,古代中国文学塑造的正面妓女形象如杜十娘、霍小玉等,均局囿于个人情感领域,近代“溢美”型狭邪小说中的妓女形象也未超越这一领域。妓女像这样因为参与国家事务而光明正大地登上

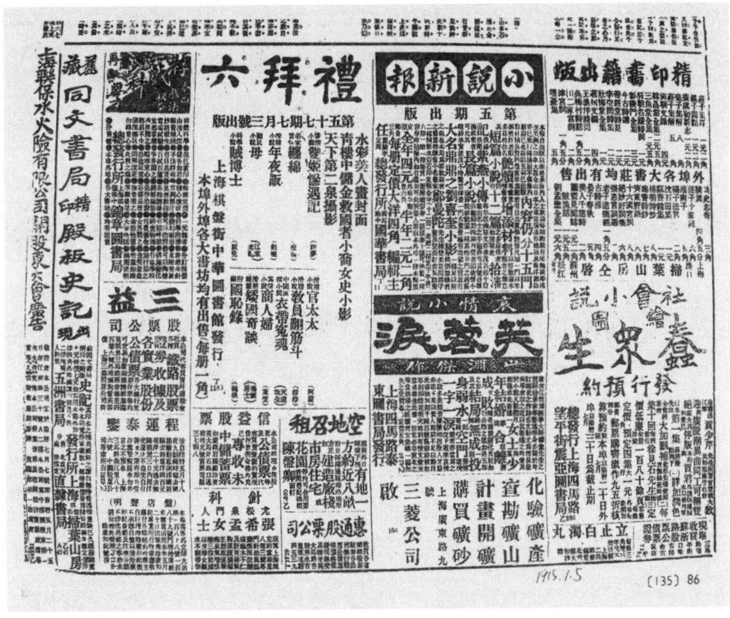
禮拜六
第五十七期七月三號出版
水彩美人畫封面
青樓中儲金救國者小喬女史小影
天下第二泉攝影
雙姊慘遇記
纏綿
年夜飯
賊博士
官太太
教員翻筋斗
衣帶冤魂
商人婦
矮國奇談
國恥錄
上海棋盤街中華圖書館發行
本埠外埠各大書坊均有出售(每册一角)

图 23 《礼拜六》第五十七期广告(《申报》1915 年 7 月 5 日)

大众传媒得到褒扬，还是第一次。这则广告透露出一个信息：随着中国历史最后一个封建王朝的解体，封建社会阶层分级也随之瓦解，新的社会形态有新的社会阶层分级标准。近代中国不仅见证了旧时代的灭亡，还包孕着新时代的诞生。旧有的社会身份在新的规则下重新洗牌，妓女在身份上的逾越说明了旧的社会秩序及文化体系的解体。关于这点，将在后面的"人上之人小说家"一节中继续论述。

《礼拜六》是"鸳鸯蝴蝶派"的大本营，如果说《新小说》是社会精英启蒙的舞台，《礼拜六》就是小说家通过出售娱乐谋生的工具。小说的消闲化、市场化超出了近代小说运动发起者的掌控，从启蒙出发却到达市场。1915 年梁启超在《告小说家》曾用"诲淫"二字定性言情小说，将"陆沉"之危归于通俗小说的畅销。这种视下层社会为群氓，人为地将小说市场与精英政治对立起来的观点，阻碍了小说运动在被启蒙阶层中的开展。将民族、国家置于消费社会的视野中考察，是对占据历史近百年的精英视线的修正，对通俗文学与下层社会的再认识。

"20 世纪初期的中国，正在兴起的消费文化既界定了近代中国民族主义，又帮助传播了这种近代民族主义"，"这种民族主义化了的消费文化就变成了一个表达场所，在这个场所里，'民族'这个概念和中国作为一个'近代民族国家'的概念是相关联的，他们都在被制度化，以及在被实践着"。① 通过

① ［美］葛凯：《制造中国——消费文化与民族国家的创建》，黄振萍译，北京大学出版社 2007 年版，第 4 页。

作为消费品的小说广告研究“民族—国家”在民初中国的确立，是将社会各阶层联系在一起的更宽泛的研究方法，这种自下而上的方法不仅将“民族—国家”形成的动态过程纳入到消费主义中，也真实反映了那个特定历史场景下消费文化的泛政治化。《礼拜六》广告（见图 22）中呼吁的“抵货齐心，储金迅速”已经明白宣告自己是 1915 年那场规模空前、时间持久的抵货爱国运动中的一员，抵抗的对象也由来自异族异种的压迫变成作为国家的日本。1915 年 5 月 9 日是民国当局被迫接受空前耻辱的《二十一条》的日子，这一天也被视为“国耻日”。民初中国就这样以一场政治危机为契机，用“民族”、“国民”为名，唤醒了新兴中国的国民意识。“抵货”运动中，人们在消费领域实践爱国，日本是侵略者，来自日本的消费品也因此具有了政治意义的属性，日货成为国家这个抽象概念的具体表征。于是中国民间社会将对日本国这个抽象的侵略者的抵抗具体到抵抗来自日本的消费品，与“抵制日货”相对应的是“消费国货”，消费社会中的商品因此获得了民族性的政治属性。“储金”运动则可被视为经济民族主义的表征，如果说上层社会的经济民族主义是“实业救国”，“储金”就是下层社会最为实用的爱国主义行动。这一切都证明“消费主义”与“民族主义”不是对立的命题，相反在消费领域进行的民族主义实践非常有力。“当时的中国社会已进入一个消费文化的民族主义化时代，消费成为塑造民族认同的方式，它甚至可以淡化或忽略商品的使用价值，通过赋予或强调其‘国籍’或‘民族主义’的性质来获得消费的合法性，并借此激发消费者的消费需求与消费认同。”[①]透过《礼拜六》的广告(图 24)会发现,以消闲为主、朝向市场的小说杂志除了体现其商品性外,也可以“载道”。在“国耻日”的第二天《礼拜六》就及时刊载爱国广告加入到汹涌的民族主义运动中,并以一鼓作气之势接连刊载此类广告,“务使村妇野老、妇人孺子无一不知国耻”,不遗余力地在小说广告中传播民族主义思想与爱国意识。《礼拜六》参与民族主义实践不止于此,通过广告召集杂志潜在消费者,并且更进一步用“民族—国家”为小说读者的消费行为命名,“欲作士气,读《礼拜六》”,消费具有了“仪式”的功能,消费《礼拜六》就是参与到民族主义的爱国行动中。被梁启超钉到耻辱柱上的通俗小说家,也在这场抵货爱国运动中找到了自己的另一重身份——“国民”。这一系列泛政治化的消费广告除了

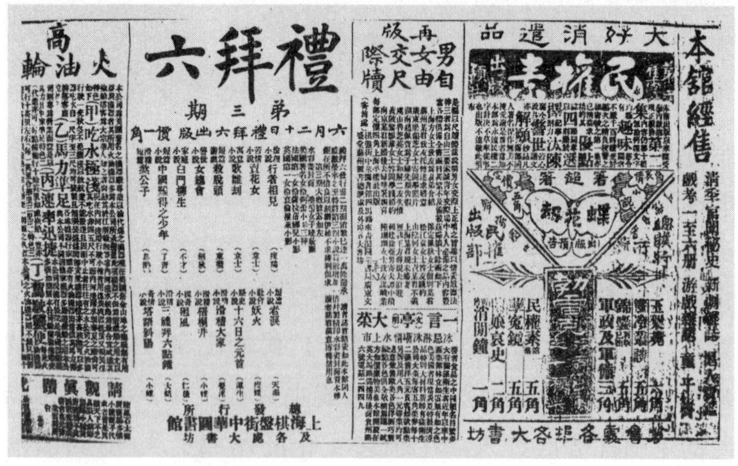

图 24 《礼拜六》第三期出版广告(《申报》1914 年 6 月 20 日)

① 张仲民:《卫生、种族与晚清的消费文化——以报刊广告为中心的讨论》,《学术月刊》2008 年第 40 卷 4 月号。

借爱国运动促进消费的意图外，也包含了通俗小说家作为国民的责任感，“国耻至此，尚复何心作小说?”除此以外，《礼拜六》还参与了爱国者的身份建构，通过刊登储金救国的妓女照片塑造了现实社会中的爱国者形象，而妓女成为社会榜样也宣告了封建时代社会等级体系的终结，爱国成为新兴的现代国家的国民社会责任。通俗小说杂志出版广告中的民族主义传播证明了“市场”与“国家”不是二元对立的关系，“近代中国的‘主权’意识是在国际商战及其对关税壁垒的保护性需求中诞生的，这生动地说明了市场社会体系与民族—国家的内在的、决定性的关系：民族—国家和民族—国家体系乃是现代国际和国内市场社会的上层政治结构”①。民众对动荡中新生的“民族—国家”的忧虑投射到市场之中，于是就出现了明明是社会娱乐的言情小说却取了个爱国主义色彩浓重的名字——《为祖国死》，这种看似奇怪的嫁接直接体现了民国初年民族主义由国家意识形态领域到社会自发实践的发展过程，而这一过程可视为民族主义在近代中国的从思想到行动的深入。作为消费品的小说广告中的泛政治化在当时是普遍潮流，除了《礼拜六》杂志广告，就连《广群芳谱》和《香艳杂志》这样完全消闲杂志的广告都表露出浓厚的民族主义倾向，前者和“挽回利权，提倡国货”建立联系，后者则与“储金救国会”挂钩。

---

① 汪晖：《现代中国思想的兴起(下部第二卷)·科学话语共同体》，三联书店出版社 2008 年版，第 1478 页。

第四章 都市化进程中的小说广告

众所周知，近代中国社会经历了急剧的结构转型，封建社会解体，全新的社会形态建立，都市化进程随之在中国广泛地展开。近代都市得以建立的基础，就是市民阶层在城市中形成。封建领主统治下的人身依附关系结束，封建臣民转变为独立自由的个体，原先维系社会的传统伦理道德秩序崩塌，适应新生产力发展的社会经济、文化、道德体系建立。资本主义商业社会中，消费成为日常生活最重要的领域之一，金钱和欲望成为弥漫在都市中的两大主题。宏大叙事结构下的历史政治视角并不能概括 44 年间《申报》刊载的各类小说广告，而传统的学术研究思路导致了部分类型的小说价值被长期遮蔽，本章所探讨的小说类型即是令启蒙精英大感意外的失控之作。各类言情小说广告是当时报纸文学广告的绝对主流，而小说家是当时社会的新贵阶层。大量言情小说的出现不能简单视为是民间社会对于精英理念的背离，而是小说受众、作者、出版商共同的选择。政治与消费、教化与娱乐不是简单的是非关系。本章将换一种视角看小说运动，以都市化进程为主线，结合近代小说发展，从消费社会出发，注重商品的个人化体验，站在都市人的文化消费角度，将小说视为大众文化消费品，看它是如何赢得市场，改变社会。

一、狭邪小说中的“海上繁华”

上海是中国近代史上最具传奇色彩的城市，1827 年始从苏州管辖下脱离独立成县，1843 年开埠，此后走上飞速发展的路程，是中国最具现代性和资本主义色彩的城市，被称为“冒险家的乐园”、“东方的巴黎”。“在近代中国所有城市中，上海可以说是最西化的城市”，“从器物到精神，从行为方式到价值观念，甚至语言习俗，上海都受到西方广泛而深刻的影响”。[①] 清末民初的上海是典型的商业社会，“赢利是谋生的宗旨，赢利已经渗透到上海人各种生活行为中，文人学士也在所难免。商业社会是无限制追求大众消费的社会，它试图把世间的每一个人、每一件东西都与消费连接在一起，这种无孔不入的商业思想使得上海的文化也被笼罩在浓厚的商业气氛中”。[②] 近代小说作为商业社会的文化消费品，意在迎合读者趣味，通过取悦读者、满足读者需要来促进消费。文学创作不再是儒家士大夫“载道”的途径，教化功能也让位于娱乐功能。伴随着社会形态的变化，小说创作方式也发生了深刻的改变，从封建时代的匿名创作、不公开发行，迅速发展为产业化生

---

① 张仲礼、熊月之、潘君祥、宋一雷：《近代上海城市发展、特点和理论研究》，《近代史研究》1991 年第 4 期。

② 乐正：《从上海看晚清通俗文化的崛起》，《华中师范大学学报(哲社版)》1989 年第 2 期。

产；小说从创作到出版再到发行形成了专门化的职业，作为消费品的小说无论从数量到种类都增长繁多。值得强调的是，由于在创作上追逐受众趣味，因而也出现了小说类型、情节高度雷同的现象，而这种现象在小说广告中同样得到反映。

上海的城市性格更接近于同时期的西方大都市，冒险、投机、欲望在城市中到处弥散。参照安克强的研究，从 1849 至 1949 年中国社会尤其是上海经历了深刻转变，“由一个被权势支配的社会变成了一个被金钱支配的社会”，商人与士人成为近代上海妓女的主要消费阶层。① 古代言情小说中妓女与良人温情脉脉的感情模式被商业社会中的情欲消费所取代，近代著名狭邪小说《海上花列传》对此作了近似写真式的印证：“在它所展示的嫖客与妓女的故事里，传统才子佳人的成分减少了，活跃在情色场所的是一帮近代商人，他们不仅仅把情色作为个人感情世界的补充，而更加看重为商务活动中不可缺少的一环，使现代经济运作与道德糜烂具体结合在一起。”②狭邪小说广告中的展览情色、贩卖欲望传达了一个颇具现代性的信息：儒教传统伦理道德观已经在近代上海社会中隐去，西方意义上的消费社会在城市中初步建立。

上海开埠后，随着中西交流的频繁，强势的西方文化打破了传统的道德序列，新兴的资本主义经济形式携带其伦理观渗透进上海社会纹理之中。封建经济的崩塌将人从封建领属中解放出来，自由经济的发展伴随着个人意识的解放，市场机

① 参见[法] 安克强：《上海妓女》，上海古籍出版社 2004 年版，第 26 页。
② 陈思和：《论海派文学的传统》，《杭州师范学院学报》2002 年第 1 期。

制的建立确立了消费的合理性，消费社会中一切都是可买卖的，为了鼓励消费，所有的东西都被物化、量化，其中就包括与妓女的情欲。妓女与文学、文人的连接大约可以追溯到唐代，孟郊就有"春风得意马蹄疾，一日看尽长安花"的诗句，此后各朝文学中妓女都被塑造成堕落风尘、志向高洁的红颜知己，成为男性文人现实生活必不可少的"安慰剂"，仅在明末清初问世的著名作品就有《桃花扇》、《圆圆曲》、《影梅庵忆语》等。政治叙事下妓女的形象被神圣化，妓女与士人之间的情至真至纯，欲和利的成分被完全遮蔽。安克强在他的著作《上海妓女》中用实证主义的方法推导出古代小说中近乎圣女的妓女形象不过是文人自我圆慰的想象。近代上海的娼妓业中，商业原则取代了文人传统，嫖客与妓女是交易双方，只不过商品的形式比较特殊。在近代上海都市的消费结构中，妓业占据着举足轻重的地位。1853 年上海县城爆发小刀会起义，原来集中在城内西门一带的妓院纷纷迁至租界寻求庇护；1861 年太平军占领江南并实行禁娼，南京、苏州、扬州等地的妓女纷纷避居上海租界。[①] 经济与政治的双重作用使得上海在清末迅速成为烟花首盛之地，"妓院之盛、娼妓之多更居世界各大城市之首"，截止 1864 年公共租界华人居住的 1 万所房子中就有 668 所是妓院，这是有户籍登记的较大的妓院；1869 年租界有正式登记的妓院即"堂名"约数千家，加上无名号的所谓"烟花间"，妓女不下万余人。[②] 产业的发

① 参见叶中强：《近代上海市民文化消费空间的形成及其社会功能》，《上海财经大学学报》第 8 卷第 4 期(2006 年 8 月)。

② 参见熊月之：《上海通史(第 5 卷)》，上海人民出版社 1999 年版，第 367、369 页。

达反映了市场的广泛，随着从业者与消费者的协调增长，处于产业链外围附加值的狭邪小说迅速繁殖，市场大开，成为晚清小说的畅销种类，基于这样的大背景，《申报》狭邪小说广告将“海上繁华”与“妓家情状”相互关联，作为推销的重点。

1895 年 10 月 16 日《申报》刊载的《海上花列传》广告语(图 25)说：“人生行乐，不外乎吃着嫖赌。吃着赌各处仿佛，惟嫖上海为最胜，而嫖害亦惟上海最深也。花也怜侬者，风雅好色之魁，乐而不淫，倾心声色。是书为其所撰，描摹妓家之

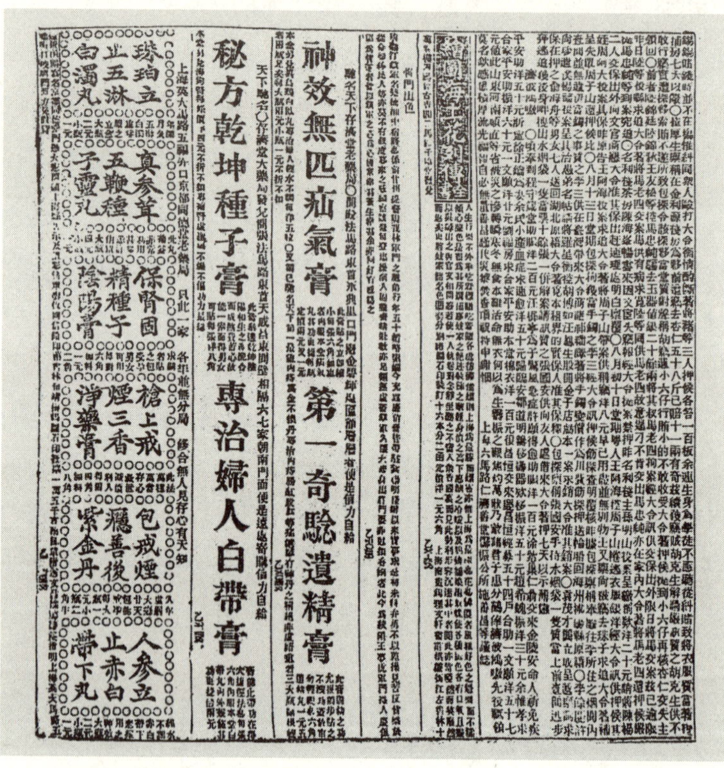
神效無匹疝氣膏
第一奇驗遺精膏
秘方乾坤種子膏
專治婦人白帶膏
琥珀立止五淋白濁丸
真參茸五鞭種子靈丸
保腎固精種子陰陽膏
槍上戒煙三香淨藥膏
包戒煙癮善後紫金丹
人參立止赤白帶下丸

图 25 《海上花列传》广告(《申报》1895 年 10 月 16 日)

艳迹，装饰之华丽，身价之高下，应酬之冷暖，以及鸦婢、鸨娘、龟奴、蝶使各种脚色，各有口气，且尽以吴语出之，与官文相问答”，“见此势力形容沉迷其中者，阅此亦当哑然而笑，废然而返矣。”1901 年 6 月 16 日刊载了“花也怜侬”的另一部作品广告《新编海上百花趣乐演义》：“此书是海上花也怜侬所作，原名《百花列传》。专讲风流子弟爱色贪花，反被海上各妓所惑，经家而丧身者指不所屈，是乃受愚已极，良可悲也。又将万种迷惑柔软情形，逐节细表，编成演义，使人皆知妓之骗术，不为妓困。”1903 年 11 月 26 日刊载的《海上繁华梦》新书初、二集出版广告宣称是书“描写海上繁华无微不至，痛抉种种弊害之处”。1906 年 3 月 5 日刊载的《海上繁华梦后集》广告也采用类似话语策略：“未阅者急宜购阅，庶知沪上风土人情，及种种妓女惑客、蜜片诱人，局赌弊害，拆梢讹诈，诚说部中有功世道之书。”1908 年 7 月 6 日刊载《再版九尾龟》初、二、三、四集广告，继续这种诱惑与规训并存的策略：“是书以绮丽之情怀，连炎凉之世态。其描写青楼之口吻，惟妙惟肖，足令阅者解颐，见者动魄。然而盟山誓海，终属虚辞，水月镜花，多归幻境。彼沉酣于纸醉金迷之地者，阅此可为当头之棒喝，洵醒世小说中上乘禅也。”1909 年 10 月 21 日刊载了《绘图繁华梦》广告（图 26）说“此书叙述最近嫖界之历史”，意在“尽情渲染，曲意描摹，俾阅者皆悉青楼狎客之结果”。1911 年 5 月 1 日《申报》再次刊载《九尾龟》广告（图 27）：“以一风流才子章秋谷为全部主人，举二十年来花丛掌故，沪滨佳话，及妓界伶界有名人物之历史，一一以玲珑剔透之笔写为芬菲旖旎之文。其于青楼种种笼络伎俩，神情口吻，尤摹写逼真。妙在随处指点，足

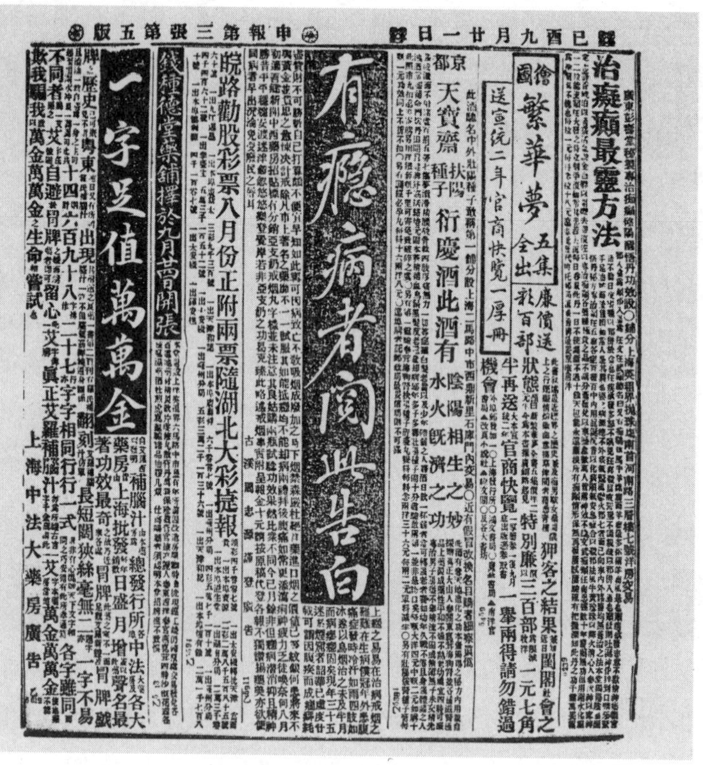

申報第三張第五版

宣統己酉九月廿一日

治癡癲最靈方法

繪圖繁華夢 五集全出

送宣統二年官商快覽一厚冊

京都天寶齋 扶陽種子 衍慶酒 此酒有陰陽相生之妙水火既濟之功

有瘾病者閱此告白

皖路勸股彩票八月份正附兩票隨湖北大彩提報

錢維德堂藥舖擇於九月廿四開張

一字足值萬萬金

上海中法大藥房廣告

图 26 《绘图繁华梦》广告(《申报》1909 年 10 月 21 日)

以唤醒青年不少。”

从消费主义意识形态的传播到消费社会在近代上海的形成，广告起了布道的功能：“消费伦理被广告业所控制，它大肆吹嘘的是得过且过、享乐主义、自我表现、美的身体、异教主义、逃避社会义务、向往遥远的异域风情、培养生活情趣、使生活具有独特的格调。”①广告并不直接对个体发言，它通过营

① ［美］约翰·费瑟斯通：《消费文化与后现代主义》，刘精明译，译林出版社 2000 年版，第 166 页。

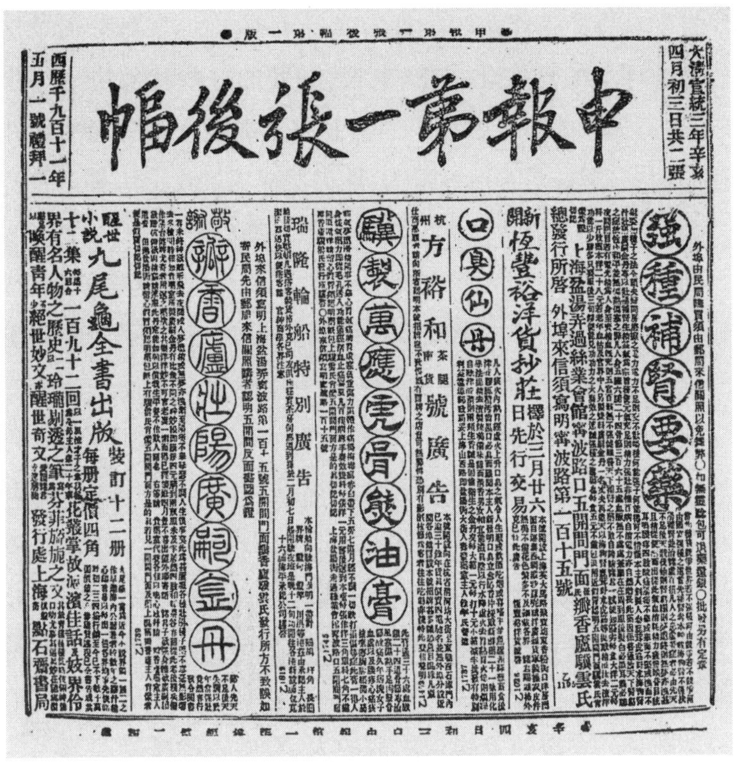

申報第一張後幅

大清宣統三年辛亥四月初三日共二張

西歷千九百十一年五月一號禮拜一

強種補腎要藥

上海盆湯弄過絲業會館寄波路口五開間門面鄉香廬顧雲氏

總發行所啓　外埠來信須寫明寧波路第一百十五號

新開　恆豐裕洋貨抄莊　擇於三月廿六日先行交易

口臭仙丹

杭州　方裕和　茶腿　南貨　號廣告

驥製萬應亮骨熊油膏

瑞隆輪船特別廣告

敬請　鄉香廬壯陽廣嗣金丹

外埠來信須寫明上海寧波路第一百十五號五開間門面鄉香廬顧雲氏發行所方不致誤

歷世小說　九尾龜全書出版　裝訂十二册　每册定價四角

十二集　一百九十二回

界有名人物之歷史

喚醒青年

醒世奇文

發行處上海點石齋書局

图 27　《九尾龟》广告(《申报》1911 年 5 月 1 日)

造一种氛围或是建构一种意义,使人们将广告中的一切都作现实来把握,就这个意义来说,广告的大众传播功能“出自其自主化媒介的逻辑本身,这就是说它参照的并非某些真实的物品、某个真实的世界或某个参照物,而是让一个符号参照另一个符号,一个物品参照另一件物品,一个消费者参照另一个消费者”①。是广告首先营造了一个消费社会的拟态环境,而

① [法]让·鲍德里亚:《消费社会》,刘成富、全志刚译,南京大学出版社 2008 年版,第 116 页。

广告受众将广告传达的信息当成现实去把握，并最终促成这一拟态环境的现实化。在《申报》刊载的这些狭邪小说广告中，人们从字面即可解读出的信息是上海是个欲望与罪恶并存的地方，狎妓是普遍性行为，性俨然成为近代上海都市中的重大议题之一，消费情欲以获得快感是都市生活方式的一种。狭邪小说广告中个人体验式的叙事暗示了存在这样一群人，他们曾在海上繁华的温柔乡中游历，并从中获得了各种真实的感受，其中有沉湎也有醒悟。广告中隐身的亲历者鼓励广告受众去消费小说，以间接获得狎妓的痛与乐。而上海自1897年李伯元在《游戏报》上首开花界选举后，几乎每年都有此类选举，诸如《海上花影大观》之类的广告几十年间在《申报》上络绎不绝，开花榜已经成为城市生活中的娱乐盛事，几十年的传承使其成为社会中一个不成文的机制。在这个背景下，游戏花丛、消费情欲的行为获得了类似习俗的合理性，“消费者把自己看做处于娱乐之前的人，看做一种享受和满足的事业”①。在清末民初的上海，阅读狭邪小说不仅不会有违教化，相反，狭邪小说的阅读者们还可以通过阅读想象自己参与到一项社会性的事物中。这些男性读者们为自己建构起一种身份、一重想象：他们是“处于娱乐之前的”人，他们参与了这座城市的重大社会事务，尽管是以阅读的方式，但所获得的参与感让他们继续沉湎于这种方式，而参与感则是狭邪小说广告竭力营造的氛围。

---

① [法] 让·鲍德里亚：《消费社会》，刘成富、全志刚译，南京大学出版社2008年版，第62页。

值得注意的是，狭邪小说广告话语存在一个悖论，即“诱惑”与“规训”并存，隐身的叙述者先是尽情渲染海上繁华、妓家艳迹、绮丽旖旎，转而即称小说是为醒世劝诫而作，之前的繁华都是为了证明一切不过是镜花水月般虚幻。这个悖论证明这些狭邪小说不是“嫖界指南”，而是“有功世道”之书。小说广告中的规训意图是复杂的，广告传达了通过这种规训将身体与欲望置于思想的控制之下，然而这种规训的动机却并非是福柯式的“知识/权力”，它反映的是成长在中国传统伦理道德观中的晚清文人在消费社会中产生的道德焦虑。中国封建社会的伦理是尚俭节欲，士大夫阶层的道德规则是修、齐、治、平，作为程朱理学始祖的朱熹定下了“存天理、灭人欲”的道德原则，这和西方社会的消费主义意识形态处于两极；“妓院的商业性已把‘爱情’扭曲了”，“上海是一个充满欲望、罪恶的繁华世界，传统的文化道德价值体系日益崩溃，人性失去了道德应有的束缚”①，没了爱情的慰藉只剩商业关系，道德的摇摆与情感的失落共同作用，小说广告中的规训应时而生。这些小说广告内容透露的信息表明以上狭邪小说属于“溢恶”型，广告塑造了一群“坏女人”的群像。如同贺肖在《危险的愉悦》中所论述的那样，这些“坏女人”的所作所为如果被放置到不同的语境下，如“女权主义”、“阶级社会”等，会有不同的社会评价，小说广告中的妓女“坏女人”群像其实反映的是“作者本人的思虑，折射出那些决定他们之所以如此理解事件的意义范畴”，“关键不在于争论所有的读义都‘对’，或者一切读义都经过了建构、因而都不对，而是要引起我

① 谢立庆：《中国近现代通俗社会言情小说史》，群众出版社 2002 年版，第 18 页。

们对文化之中介作用的注意,使我们看待(过去和现在)文化的中介是怎样构建经验、形成道德评判、制约行动或准予行动的”。① “溢恶”型小说广告中所体现的“文化之中介”,显然是理学框架下的道德伦常信条以及封建男权社会话语,这就是封建中国看待妓女的标准视角,存在于小说广告中的道德评判标准是来自传统的。但是寓于小说广告中的变化还是明显的,这些“狭邪小说”广告还构筑了一群特殊的妓女形象——上海妓女。这些妓女是这个城市的特产,她们的行事作风、人格思想是封建中国从没有过的,其生活方式和香艳事迹都和这个城市的文化紧密联系在一起。“海上繁华”和“花丛掌故”互为映照,“上海+妓女”形成了一个独特的文学模式,上海妓女甚至是近代中国文学中出现的第一批都市人物形象。广告中的上海妓女将身体当成商品,用性交换金钱,这一形象更加接近商人②,她们和中国小说传统中的妓女形象完全决裂。具有现代商业精神的妓女和近代上海商业社会的形成是具有高度内在关联的,人物的背后是其生长的城市,上海妓女与传统思维中妓女的不一样体现的其实是都市化进程中的上海和中国传统城市的不一样;甚至可以这样说,只有当近代上海逐渐脱离封建社会形态,在文化上逐步脱离传统的序列,才会在城市中出现这样一群上海妓女。存在于小说广告的“规训意图”与“诱惑式”叙事,其实代表的是传统文论的“载道”观与消费社会的大众文化消费品,两者同时存在于一条短短的小说广告中,不仅毫

① [美]贺肖:《危险的愉悦——20世纪上海的娼妓问题与现代性》,韩敏中、盛宁译,江苏教育出版社2003年版,第136页。

② 参见叶凯蒂:《妓女与城市文学》,《中国现代文学研究丛刊》2001年第2期。

无违和感，倒反而形成一种叙述策略，让叫卖“花丛掌故”的狭邪小说广告瞬间变得理直气壮，充满道德感。这样的小说广告能够形成模式在大众媒体上频繁出现并得到广泛传播，正是由于它符合当时的社会语境。这些狭邪小说的广告折射出近代上海是一个杂糅了传统与现代、东方与西方的都市，而这正是作为研究目标的近代上海都市文化的魅力所在。

二、作为消费品的言情小说

文学史上启蒙与救亡的宏大叙事营造了一种假象，即近代小说的主流是启蒙精英倡导的“新小说”，这是一种偏见。《申报》上的众多小说广告证明，真正占领近代小说市场的正是长期以来被遮蔽、被边缘化的“写情小说”。

1906 年，吴趼人以写情小说为定义发表《恨海》，掀开了清末民初写情小说的新高潮。究其根底，《恨海》并不是这一特殊历史时段下产生的第一部写情小说，更早可追溯到 1900 年，陈蝶仙就在杭州的《大观报》出版了《泪珠缘》，可惜的是一直以来说到民初写情小说的滥觞，只知《恨海》而不知《泪珠缘》。为什么是《恨海》占据了这一位置？除了小说本身的艺术成就外，还要归因于大的时代背景，正是所谓时势造英雄。自 1898 年的《译印政治小说序》始，知识精英就与政治话语结盟推出了一系列论述小说有助于群治的理论，并率先将这一理论应用于实践领域。身处民族—国家危机之中的国人在世纪焦虑和精英话语的感召之下，兴起了一股译介、创作、阅读“新小说”的热潮，“史诗”传统与“英雄”情结成为“新小说”的两大标志。这一点《申报》上1904至1908年间商务印书馆绵延不断的启蒙性质的小说广告足可证明。“革命”在某种程度上是激进的代名词，而“史诗”与“英雄”是理想主义的主要特征，自上而下的“小说界革命”就是这样一次激进的理想主义运动。构筑在理想中的“空中花园”忽视了民间社会的发展规律，而自身的浪漫与激进也给运动本身带来诸多难解的悖论，写情小说对“新小说”的胜利其实是世俗社会对理想主义的胜利。学界许多有关“新小说”的文本分析以及“小说界革命”最终失控的研究都指向这点，在此不一一赘叙；这里想探讨的是被精英刻意忽略的世俗社会是如何在近代小说运动及市场中发挥作用的，而写情小说在民初的泛滥是个合适的切入点。

说泛滥是因为《申报》上写情小说广告数量呈几何级数的增长。1908年2月6日《申报》以“哀情小说”为名刊载“开印《情海波澜记》”广告：“今日开印‘哀情小说’《情海波澜记》，其中离奇悲欢，变幻百出，为近今言情小说杰出之书。”12月18日以“写情小说”之名刊载《斯芬克斯之美人》广告：“……两情浓至，绝世无双，婚有约矣。不料好事多磨，婚竟中断，遂使情男情女，脉脉含酸。”1909年1月28日以“言情小说”为名刊载《匈奴奇士录》、《青藜影》、《青衣记》广告，2月28日以“言情小说”为名刊载《血泊鸳鸯》，5月16日刊载“哀情小说”《露惜传》广告：“全书情文相生，哀婉凄恻”，7月15日刊载“奇情小说”《美人虹》广告：“是书为英国名家所著，情致哀艳，译笔奇丽”，11月30日分别以“言情小说”与“哀情小说”为名刊载《错中错》、《堕泪碑》广告。以上这些写情小说广告有两个共性，一是全部属于译介小说，二是广告主为商务印书馆。商务印书馆不仅是1904至1908年间《申报》上声势浩大、连绵不绝的启蒙性质译介小说的广告主，也是率先以"写情小说"为名在清末民初的《申报》上刊载言情小说的广告主。长久以来学界一直将商务印书馆与近代中国社会思想看作相互勾连的群体，对此孟悦的研究颇可佐证。她在《早期商务印书馆的编译、考证学、文化政治》一文中阐述了这样一个观点：在商务印书馆，编译的文献学工作实现了一种文化政治，它实际上抗衡着帝国主义和殖民主义文化产业对中国古籍的影响。商务印书馆给了我们一个机会去观察出版事业在一种非资本文化史中的演变和延续。借助商务印书馆和其他出版机构所出版的语言工具书、教科书、百科全书词典等，上海的城市学术群体在20世纪初对舶来的现代符号进行重译、重编和反译的过程中起到了领导作用。[①] 在另一篇论文《商务印书馆创办人与上海近代印刷文化的构成》中，她试图以"商务印书馆发起人这个社会集团作为分析单位，对上海现代文化的生成做一种尝试性的新叙述"[②]，当代的知识精英在意识形态框架内的分析更加强化了这样的假象：商务印书馆刊载的启蒙性质的小说广告是《申报》近代小说广告的主流。当然这个结论也只能是个假设，商务印书馆不仅是近代中国思想文化领域的启蒙者与建设者，还是近代通俗小说市场的开拓者。孟悦在

---

① 参见孟悦：《早期商务印书馆的编译、考证学、文化政治》，《清华大学学报》2008年第6期。

② 孟悦：《商务印书馆创办人与上海近代印刷文化的构成》，转引自王晓明主编《批评空间的开创——二十世纪中国文学研究》，东方出版中心1998年版，第90页。

《商务印书馆创办人与上海近代印刷文化的构成》中也得出了类似的结论:"商务印书馆发起人是现代都市普通读者的最早发掘者。"①1910年7月19日《申报》刊载的商务印书馆小说广告已经证明,自1908年始,言情小说才是小说市场的主流;而阅读市场对言情小说的渴求与期待使得当时的文化旗手商务印书馆开始调整出版方向,与市场靠拢。

小说名目	总　数	定　价	减　价
侦探小说	13种	4元	2元
言情小说	22种	9.9元	5元
社会小说	12种	6.5元	3.7元
神怪小说	9种	9元	3元
冒险小说	9种	3.4元	1.8元
历史小说	11种	10元	5元
绣像小说	72册	7.2元	4元

清末民初《申报》上的言情小说广告始自译介,盛于创作。自1914年开始,《申报》小说广告已经完全成为鸳鸯蝴蝶派的天下,每天报纸的第四张成为固定刊载小说杂志及文本的广告版位,早期鸳鸯蝴蝶派的风云人物依次在小说广告中登场亮相。其中著名的小说广告有徐枕亚的《锦囊》、《玉梨魂》(图28),吴双热的《孽冤镜》、《兰娘哀史》,李定夷的系列言情小说《美人福》、《茜窗泪影》、《芙蓉泪》、《鸳湖潮》(图29)等,

① 孟悦:《商务印书馆创办人与上海近代印刷文化的构成》,转引自王晓明主编《批评空间的开创——二十世纪中国文学研究》,东方出版中心1998年版,第90页。

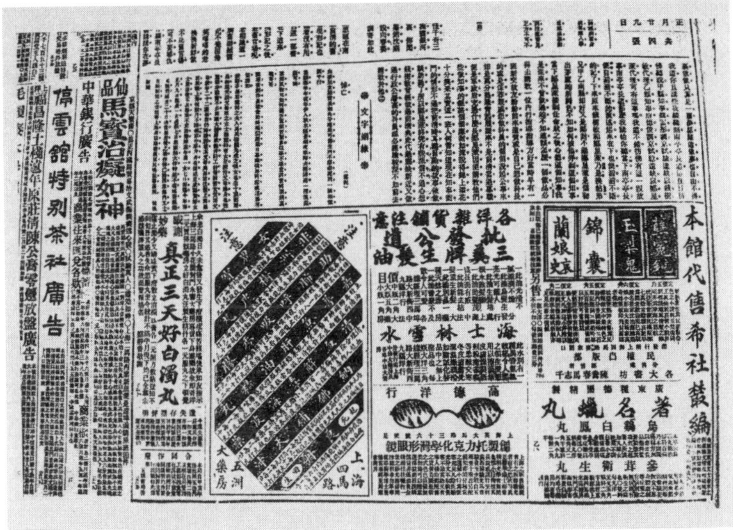
本館代售希社叢編
錦囊
玉梨魂
蘭娘哀史
著名燕窩丸
海士林雪水
各洋雜貨舖注意
三義牌生發油
批發公道
真正三天好白濁丸
上海四馬路
五洲大藥房
仙品馬寶治癡如神
中華銀行廣告
停雲館特別茶社廣告

图 28 《锦囊》、《玉梨魂》广告(《申报》1914 年 2 月 23 日)

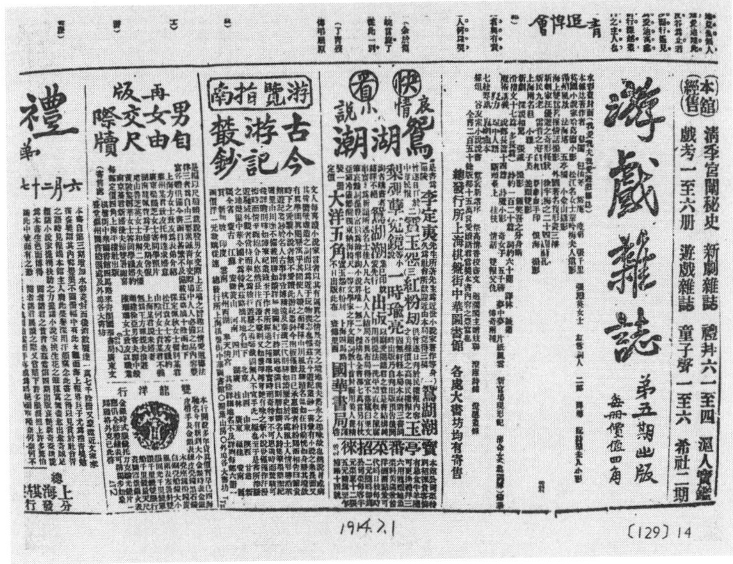
本館經售
清季宮闈秘史 新劇雜誌 禮拜六一至四 滬人寶鑑
戲考一至六冊 遊戲雜誌 童子鑒一至六 希社二期
游戲雜誌
第五期出版
每冊價值四角
總發行所上海棋盤街中華圖書館 各處大書坊均有寄售
哀情小說
鴛湖潮
大洋五角
國華書局
游覽指南
古今游記叢鈔
再版
男女自由交際尺牘
禮拜六
第二十七期
1914.7.1
〔129〕14

图 29 《鸳湖潮》广告(《申报》1914 年 7 月 1 日)

胡寄尘的《黛痕剑侠录》、《蕙娘小传》等。而且“情”的种类也更加多样化，“奇情”、“苦情”、“哀情”、“艳情”、“侠情”、“惨情”，除了泛滥（图 30），没有第二个更合适的词可以对这一时期的《申报》写情小说广告做概括；而此类小说广告又呈现出高度的模式化特征，都以“香艳”与“哀婉”作为诉求的重点，营造了民国初年的情场不是“有语皆香”就是“尸横遍野”的极端印象。

在此需要将小说广告与小说文本做个区分。民初许多著名言情小说的艺术成就已得到公认，但这并不意味着其广告的言说清晰、意义空间广阔，相反由于媒介文化生产机制的专门化，导致了小说广告的高度模式化。“就当时的传播界实情

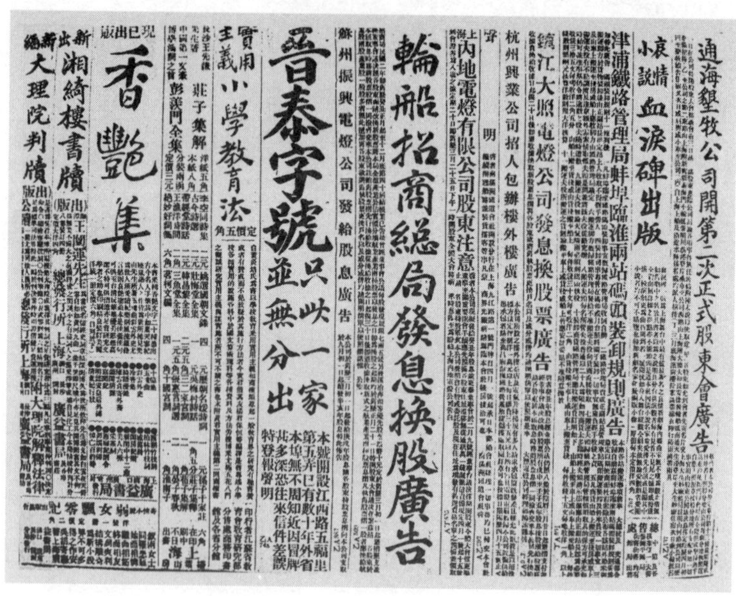
通海墾牧公司開第二次正式股東會廣告
哀情小說 血淚碑出版
津浦鐵路管理局蚌埠臨淮兩站碼頭裝卸規則廣告
鎮江大照電燈公司發息換股票廣告
杭州興業公司招人包辦樓外樓廣告
內地電燈有限公司股東注意
輪船招商總局發息換股廣告
蘇州振興電燈公司發給股息廣告
晉泰字號 只此一家 並無分出
實用小學教育法 定價五角
莊子集解
現已出版 香艷集
新出 湘綺樓書牘
大理院判牘

图 30 《香艳集》杂志、“哀情小说”《血泪碑》出版广告（《申报》1914 年 3 月 29 日）

看，作者、编者、营业者一体化的情况是比较普遍的。也正是因为三者集于一身，他们才能较快地准确地抓住受众的胃口，进行批量生产，并形成全方位的广告声势，造就一个个小说潮流。它的缺失源于绝对和粗率。”“小说广告必然会强调某些东西，一方面招徕读者，另一方面指导那些圈外的作者，由此导致创作的模式化。”①与民初写情小说泛滥相对应的就是小说广告的高度模式化。民初出现了以创作为生并名利双收的职业小说作者群体，写小说成为有利可图的事业，不仅可以迅速摆脱经济困境及社会地位低下的状态，还可以借此跃升上层社会，对此将在“人上之人小说家”一节展开阐述。一个成功的榜样为一批穷途末路的读书人找到新方向，城市消费群体对大众文化消费品的需求为言情小说提供了广大的市场，于是言情小说创作顺理成章地进入井喷期。从生产到流通再到消费，小说创作遵循机器化大生产时代的市场规律，小说广告自然也是流水线批量生产，福特主义在小说广告领域亦有迹可循，可见时代的踪影无处不在。这种机器复制时代的小说自然没有本雅明意义上的原韵，美学原则让位于市场需求，消费阶层的喜好成为作家创作的风向标。采用现代机器大工业时代生产方式创作的小说，其属性更多地表现为消费品。只注重共性不注重差异化，使得《申报》出现了用一个小说广告模式刊载了数不清的言情小说的现象，而这一现实也将使小说广告的研究更加倾向于社会学视野。

1905年“新小说”退潮后，贴着“写情小说”标签的言情小

① 包礼祥：《近代文学与传播》，江西人民出版社2001年版，第72～73页。

说卷土重来，世俗社会中的“儿女”之情重新赢得市场的欢心。言情小说是中国古代小说的主要题材之一，“才子佳人”、“花前月下”有着深厚的读者基础，从这个意义上说，民初的言情小说是传统的延续，自然容易在短时间内积聚起巨大的市场。民初的言情小说又不仅是古典言情小说的延续，主要表现在现实社会与国家政治在小说中的投射，《申报》民初言情小说广告都注重强调时代背景，如1914年9月3日刊载的“奇情小说”《红粉劫》广告（图31）称该书的“四大特色”中就包括“地名人名俱用中国名词”，“造意新颖，尤合中国社会情形”。对此范烟桥曾分析为：“辛亥革命以后‘父母之命，媒妁之言’的传统婚姻制度渐起动摇，‘门当户对’又有了新的概念，新的才子佳人就有新的要求，有的已有了争取婚姻自由的勇气，但是‘形格势禁’，还不能如愿以偿，两性的恋爱问题没有解决，

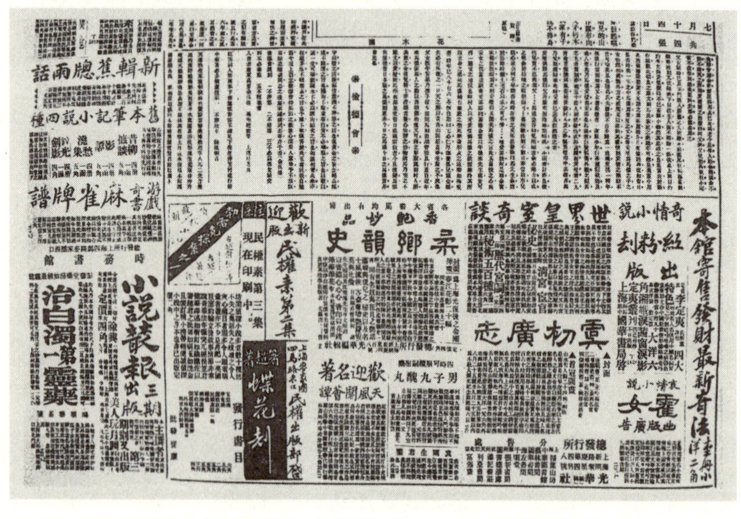
本館寄售發財最新奇法
奇情小說
紅粉劫
出版
世界皇室奇談
香艷妙品
柔鄉韻史
歡迎新出版
民權素第二集
現在印刷中
小說叢報
第三期出版
麻雀牌譜
蝶花劫

图31 《红粉劫》广告（《申报》1914年9月3日）

青年男女为此苦闷异常。从这些社会现实和思想要求出发，小说作者就侧重描写哀情，引起共鸣。”①传统的才子佳人、郎情妾意、墙头马上、诗词互答大团圆的模式，对应的是封建时代的士人阶层读者；都市里的市民读者的时空观是动态的，期待小说故事发生在和自己相同的时空，这样消费小说才能体验强烈的代入感，仿佛小说中所备述之事也是“我”所目睹、经历之事，小说中所表述之情亦“我”所体验之情。“言情”加“现实主义”的混搭不仅体现了现实主义思潮在民初文坛的影响之大，还折射出在那个启蒙与觉醒的转型期社会，关涉现实是小说的必备功能。

民初言情小说广告显示出的最大特征就是商业原则对小说的渗透与影响，关于这一特征每年呈几何级数增长的言情小说广告数量就是明证。民初的上海文坛作为消费社会的有机组成部分，自然也渗透了消费主义意识形态。处于资本主义产业链中的小说出版必须以盈利为目的，小说作者与出版商都自觉将自己定位于生产者的角色。追逐市场就迫使小说作者走下启蒙的神坛，放下居高临下的教导姿态，这在无形中消解了传统士大夫强烈的精英意识，小说的意识形态与审美趣味自然就倾向于世俗社会。而近代上海市民社会的逐渐形成，也保证了作为消费品的言情小说有稳定的消费阶层。“生产、分配、交换、消费”，无论是小说家、出版商或是小说受众，都处于同一生产关系体系内，只有维持这一体系的平稳运行，

---

① 转引自谢庆立：《中国近现代通俗社会言情小说史》，群众出版社 2002 年版，第 66 页。

才能保证各自的正常生活。1914 年《礼拜六》第一期的出版赘言就明确将杂志定位为消闲之用，“读小说则以小银元一枚，换得新奇小说数十篇”，“一编在手，万虑都忘，劳瘁一周，安闲此日，不亦快哉！”[①]《眉语》也在杂志上公开类似观念：“虽曰游戏文章，荒唐演述，然谲谏微讽，潜移默化于消闲之余，亦未始无感化之功。”[②]

不仅小说生产者自发将小说定义为消费品，世俗社会也参与了小说文本意识形态的建构，这种参与可以从小说广告的媚俗倾向看出。笔者无意将市民读者与媚俗等同起来，而是这一过程首先由世俗社会的消费阶层发出信号，小说生产者根据市场需求进行生产，并且为了尽可能地扩大市场，生产者会拓宽产品功能以争取位于社会文化低层的那大多数潜在消费者。这种螺旋式的生产不可避免地导致媚俗倾向，而来自下层社会的市场反馈又鼓励生产者进一步增加产品的媚俗成分。“媚俗是一个文化范畴”，“媚俗的激增是由于工业备份、平民化导致的，在物品层次上，是由借自一切记录（过去的、新兴的、异国的、民间的、未来主义的）的截然不同的符号和‘现成’符号的不断无序增加造成的；它在消费社会社会学现实中的基础，便是‘大众文化’。”[③]民初言情小说领域那花样辈出的标签本身就是媚俗的表现之一，无论如何人的情感领域是不可能出现诸如“奇情”、“苦情”、“哀情”、“艳情”、“侠情”、“惨情”这样的区

---

① 《礼拜六・出版赘言》，1914 年第 1 期。

② 《眉语》第 1 卷第 1 号（1914 年 10 月）。

③ ［法］让・鲍德里亚：《消费社会》，刘成富、全志刚译，南京大学出版社 2008 年版，第 98 页。

分，这些标新立异的分类本身就是小说广告的噱头。对人的情感而言，这种划分是不严肃的。另一个媚俗的小说广告标志，当属号称专为女性读者而作的小说杂志《眉语》，它先于20世纪20年代的月份牌女郎，在公共空间大胆展览女性身体，并以女性读者趣味和女性身体为广告诉求重点，扩大销售。1915年10月29日，《眉语》十一期出版广告(图32)出现了一个绘画裸体模特，“袒胸露乳”、“玉体横陈”是对她撩人姿态的最好注解，裸体女郎的胸部以下到小腿以上覆盖着小说杂志的刊名“眉语”。《眉语》的销售策略在今天已被解密，“专为女性而作”不过是用来招徕更多男性读者的借口，事实上男性读者才是这本小说杂志的主要受众群体。这就关系到作为符号的女性身体背后真实的意义。长久以来在大众文化中出

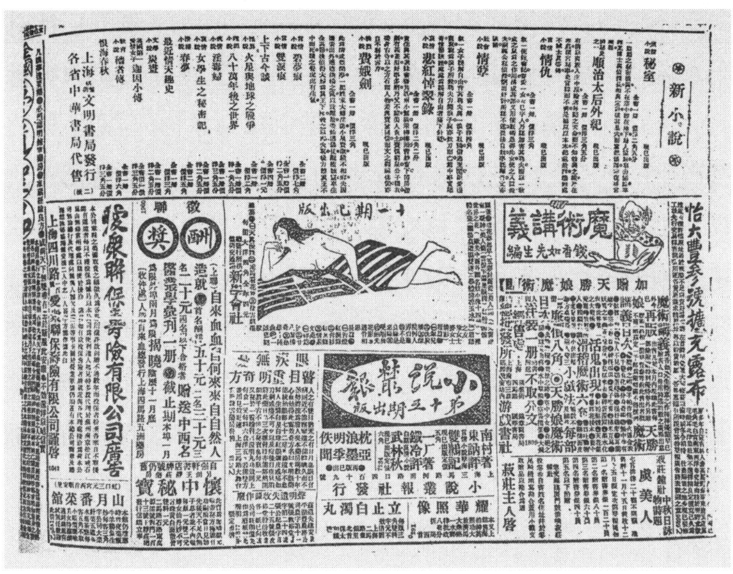
新小說
秘室
順治太后外紀
情孽
悲紅悼翠錄
費娥劍
火星與地球之戰爭
八十萬年後之世界
女學生之秘密記
上海文明書局發行
各省中華書局代售
十一期已出版
魔術講義
小說叢報 第十五期出版
愛家聯保壽險有限公司廣告
徵聯 酬 獎
懷中秘寶
小說叢報社發行
耀華照像
立止白濁丸

图32 《眉语》十一期出版广告(《申报》1915年10月29日)

场的身体包含了丰富的内涵，“人们给它套上的卫生保健学、营养学、医疗学的光环，时时萦绕心头的对青春、美貌、阳刚/阴柔之气的追求，以及附带的护理、饮食制度、健身实践和包裹着它的快感神话”，“身体的地位是一种文化事实”。[①] 广告中的裸体女郎面目不清，只有女性线条与性征，而没有肌肉和气质，这和民国月份牌女郎清晰的五官、生动的姿态甚至明确的身份很不一样。《眉语》中身份不明的裸体女郎实际被广告主概括为当时社会女性的集体符号，它指代的不是某一个或某一群体，如狭邪小说中的妓女或者月份牌中的电影、体育明星。彼时的社会正处于由旧入新的过程中，观念也是半新不旧，互相掺杂，这一现实使得无法将广告中的女性身体置于“身体与女性的双重解放”这一范畴内解读。关于当时社会对女权运动与女性解放的观点，下章将展开探讨。“就我们的社会来说，将性（sex）定义为性别（gender），是通过文化为标准的……在任何情况下，性别关系都是由社会建构的，而不是自然产生的。”[②]既然是以男性读者为主的杂志，自然是站在男权话语的立场上刊载裸体女郎，依附于女性躯体上的色情意味成为向男性促销的有效手段，这再一次印证了性是消费社会的主要议题之一，而大众文化的主要功能之一就是获得快感。《眉语》站在男性立场建构的是作为自然属性的性别，而不是社会属性的性别，女性身体被当成小说杂志的商品附加

① ［法］让·鲍德里亚：《消费社会》，刘成富、全志刚译，南京大学出版社 2008 年版，第 120～121 页。

② ［美］苏特·杰哈利：《广告符码——消费社会中的政治经济学和拜物现象》，马姗姗译，中国人民大学出版社 2004 年版，第 149～150 页。

值，打包出售给男性读者，其消费品的性质非常清晰。只将女性身体当成促销商品的手段，忽视了作为性别的女性本身的美学原则，这就导致了裸体女郎只有性征，没有灵魂，这样的小说广告不能不视为媚俗。

三、人上之人小说家

传统文论中，小说家根本不能算是正统士人阶层一员，《汉书·艺文志》“稗官”和“野史”的定论同时将小说家和小说放逐文坛边缘长达 2 000 年。主流意识形态话语霸权和官方政权干预同时作用，使得士人阶层为了不被排除出社会权力阶层之外，长期以来小心翼翼地保持着与小说的距离。不能肯定地说，位于社会权力阶层内的士人集团绝对不写小说，而是那时的小说写作有些类似现代文学的潜在写作，是一股潜流，甚至只是地下写作，阅读者也只有身边极少数的人，作为职业来说，士人阶层是绝对不愿被贴上小说家的标签。

小说家写作时的匿名造成了中国文学史不少小说的著作权无人认领，最著名的就是《金瓶梅》的作者考证。兰陵笑笑生只是作者隐身的面具而已，导致作者隐身的原因也许很多，但小说家低下的社会地位绝对是可能之一。不仅明代兴盛的艳情小说有许多是无主案，就连古典文学公认的四大名著，其作者都免不了一番考证。到底是不敢还是不愿，无论哪种情况，都是基于小说是小道、小说家是末流的话语压迫。

学界关于明末清初江南社会资本主义经济成分的存在与士大夫阶层相互关联的研究已有许多，这里就不多赘述；只引用一个结论，即市民社会与资本主义的经济形式冲击了原来铁板一块的传统文化观与社会分层，末代科举的终结也促使士人考虑从政以外的人生道路。科举为中国创造了长达2 000年的"士人政治"传统，在马克斯·韦伯的言说逻辑下，封建中国的士人阶层用知识谋求权力，"他们接受过人文教育，尤其是书写方面的知识，而其社会地位也是基于这种书写与文献上的知识"[①]。"中国的考试，目的在于考察学生是否完全具备经典知识以及由此产生的、适合一个有教养的人的思考方式。"[②]韦伯所说的思考方式，类似意识形态。小说家与小说在传统的文化序列中长期处于边缘，从这个层面说，科举的终结解除了文人与小说的话语压迫，文人写小说甚至以小说为生获得了意识形态领域的合法性。而科举之难也迫使读书人不得不准备从政以外的道路。清代县学生员各县每科平均不过10 人左右，但是应考之人远远多于录取人数，即使学额增加，比例也是惊人的 100：1，而进士的平均录取比例也只有 30：1[③]，可见文人中举不易。而清末政局动荡官场腐败也打消了不少文人从政的愿望，为人生做多种考虑不仅客观而且必要。在一项关于清末民初 92 位小说家所获功名的调查中发现，24 人是秀才，占总数的 26%；举人 11 人，占总数的 12%，进士只

① ［德］马克斯·韦伯：《儒教与道教》，洪天富译，江苏人民出版社 2003 年版，第 92 页。

② 同上书，第 102 页。

③ 参见何怀宏：《选举社会及其终结——秦汉至晚清历史的一种社会学阐释》，三联书店出版社 1998 年版，第 354～355 页。

有1人。[1] 清末著名小说家吴趼人就是考场失意之后转向以文为生的，下文将把他和另外一位清末著名小说家陆士谔作为重点案例。吴、陆二人的出名和科举废除处同一时代，也是近代第一批以小说家闻名的人，从他们身上可以清晰窥见小说家地位在晚清民初的上升轨迹。

《申报》小说广告中有关小说家地位的变迁是很明显的。1900年以前《申报》刊载的诸多畅销小说广告，如《施公案》、《彭公案》、《说岳全传》的作者在广告中都是隐身的，1892年刊出的《第三次印快心编告成》的广告中仅称该书作者是“天花才子”，这只是个笔名，显然作者取这样的笔名是为了隐身。

“天花才子”是“兰陵笑笑生”在近代的延续，即便到了这一时期，小说作者仍然不能现身，不便现身。最初的变化来自译介小说广告。1905年6月2日《足本迦茵小传》广告开头即标榜：“是书为英国文豪哈葛德所著”，这是第一个以真名实姓出现在小说广告中的小说家，虽然是英国人，但是这个广告折射的却是当时中国人对小说家社会地位的肯定，儒家的文化专制化霸权体系已经崩解，不仅小说可以“载道”，小说家也可称“文豪”，小说与小说家的社会地位骤然抬高。这种抬高是与旧的文化专制体系瓦解以及新的文化体系建立同步的，它是全新的社会评价体系的产物。1910年，当时已经蜚声在外的小说家吴趼人为中法大药房的“艾罗补脑汁”写了一篇小说《还我魂灵记》，这是近代广告学上的第一篇软文。药房老板

---

① 参见李强：《晚晴上海小说家总体特征研究》，华东师范大学硕士论文，2008年。

黄楚九是晚清上海滩颇有作为的商人，他看重的自然是吴趼人著名小说家的品牌价值，他重酬300元买下的当然不只是这篇小说，还有小说作者以自己的盛名所动员起来的潜在消费阶层。只此一条，足可见小说家在当时社会的地位之高，而名小说家则更是人上之人，其明星效应有一呼百应之功。1909年8月17日刊载的《新水浒》广告开头即称："是书为青浦陆沁梅先生编撰。"1910年这种利用名人效应的广告策略被发挥到极致，11月29日刊载的《最近社会龌龊史》广告开头即用加大黑体字号突出："是书为大小说家吴趼人公遗墨。"1912年的《鄂州血》与1913年的《清史演义》广告都以"是书为大小说家陆士谔所著"作为重点诉求，在《申报》上大张旗鼓真名实姓地用小说家做名人广告，大概要算自陆、吴二人始。

陆、吴的成功都是上海滩才会有的传奇。吴趼人出身没落官宦家庭，自己只是个从九品的小官，因为家庭潦倒，科举又不得志，遂到当时投机冒险的乐园上海闯荡，先是在江南制造局工作，后成为小报文人，开始写作小说。陆士谔出身江苏青浦（今属上海）普通文人家庭，祖父只捐了个贡生，本来从医，1892年14岁时到上海谋生。对于这段经历，陆士谔后来回忆说："少年时曾为典当学徒，不久辞退回里。"①陆氏一门读书人虽多，也不乏功成名就者，但却没有旧式科举出身者，这样的人如果处于封建体制下，上无荫庇，又无功名，是没什么机会出人头地的。而事实上吴趼人科举失意、没有功名的前半生过得极为潦倒，与他办报、写小说并一举成名的后半生

① 田若虹：《陆士谔小说考证》，上海三联书店2005年版，第289页。

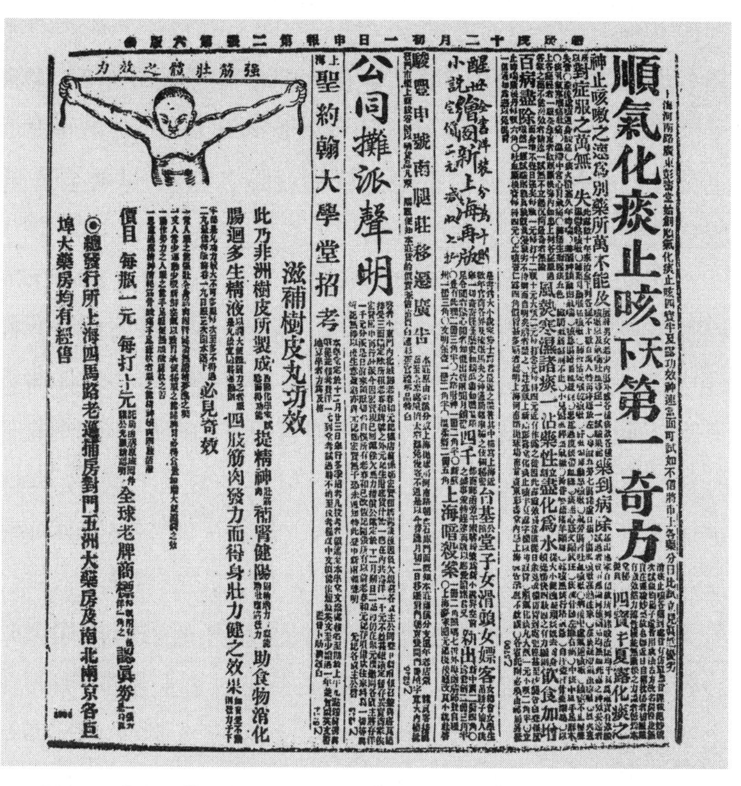

順氣化痰止咳天下第一奇方

神止咳嗽之惡爲別藥所萬不能及

對症服之萬無一失

百病盡除

醒世繪圖新上海

小說

公司攤派聲明

上海聖約翰大學堂招考

滋補樹皮丸功效

此乃非洲樹皮所製成 提精神 補腎健陽 助食物消化

腸迴多生精液 四肢筋肉發力而得身壯力健之效果

必見奇效

强筋壯體之效力

價目 每瓶一元 每打十一元 全球老牌商標 認眞券

◎總發行所上海四馬路老巡捕房對門五洲大藥房及南北兩京各巨埠大藥房均有經售

图 33 陆士谔著《绘图新上海》出版广告(《申报》1911 年 1 月 1 日)

形成极大反差。他们能实现人生反转，首先依靠的是新的社会评价体系的建立。近代上海的社会价值体系是完全不一样的，比起传统儒家价值体系，上海更盛行资本主义的价值观念，既崇尚个人奋斗，鼓励冒险，重视机遇，一改封建社会重出身、血统的社会评价体系，既无出身也无功名的人在这里可以通过个人奋斗获得相应的社会地位，这正是上海的魅力所在。晚清已然衰世，更多像吴趼人、陆士谔一般的读书人，既对社会现实不满，又渴望从沉重的封建社会等级制度压力下逃逸，近代上海正好为他们提供了这样的空间。消费社会依赖商品和市场，吴趼人、陆士谔的小说作为消费品进入市场后，得到了消费阶层的肯定，最直接的回报就是名和利，而新兴的资本主义社会的等级划分很重要的依据就是名和利，这被看作是成功的标志。

近代专业小说家队伍和稿酬制度的建立与上海都市化进程及消费社会的确立是分不开的。早在 1878 年 4 月 21 日《申报》就公布了首次征文的获奖名单，第一名、第二名分别获得奖金酬洋 20 元、10 元；1895 年傅兰雅在《申报》刊登《求著时新小说启》后收到的应征文比 1878 年的数量大增，奖金也更加丰厚，从 50 元到 8 元共分 7 等。吴趼人 10 天时间写《恨海》得 150 元，这相当于他在江南制造局工作 18 个月的薪水，吴大笔一挥 800 字的软文就值 300 元，林纾的书房被称为印钞机，而严复靠着张元济给的版权费就可以过上洋车、佣人俱全的体面生活。因为写小说名利双收，吴趼人后来甚至放弃了经济特科。第一批吃螃蟹的人起了良好的示范作用，到了 1914 年，《申报》上大量出现专业小说杂志广告，可见刊出作家群以显示杂志的功力已经成为普遍的广告策略。小说与小说家被放逐文坛与社会边缘千年后，突然在 19 世纪末实现了地位的急剧上升，这固然和近代小说运动中启蒙精英们以小说广群智的实践有关，但更重要的是它体现了一种意识形态对另一种意识形态的占领，一种文化价值观对另一种文化价值的颠覆。

第五章
观念：在矛盾中革新

一、先抑后扬的广告策略

近代小说运动中观念的变革引人注目，值得注意的是，这种改变并非一帆风顺，水到渠成，而是在矛盾中挣扎着前进。

近代士人阶层的观念变革，最初是始于外力的强势挑战，而内在的回应却在接受与抗拒、变革与徘徊中进行。传统文论中的小说边缘观是盛行已久的主流，而小说地位的骤然提高是19世纪晚期的事。小说界革命前，对于小说地位的提高是在先抑后扬中悄悄进行的，正是这种来自民间社会的变革潜流为日后到来的小说界革命做好了接应，小说界革命才能在短时间内以核爆的能量影响社会。

1872至1899年的所有小说广告中，最常见的两种话语模式分别是："虽体例不脱章回"；"虽为小说家言"。用这种转折结构叙述，体现的正是矛盾的变革观。

1892年6月28日第三次重印《快心编》的广告（图34）宣称"虽然小说仍是章回体才子佳人故事，但是和平雅正"，1892

申報

大清光緒十八年

六月初五日

图 34　第三次重印《快心编》广告(《申报》1892 年 6 月 28 日)

年 6 月 26 日新印《永庆升平》告成的广告(图 35)则说“虽不脱章回小说窠臼,然要皆惟妙惟肖”。1893 年 5 月 3 日重印《醒睡录》广告(图 36)强调“虽系小说家言,而于标新领异中写劝善惩恶之情”,新出石印绘图《梦中缘》广告也称“虽稗官杂记以立说却有正史之功”,石印绘图《珍珠塔传》广告中说“虽为传奇体然忠孝节义皆有”。1894 年新印绘图《续古今奇观》广告宣称“有功名教,可佐清谈,与别种稗官有别”,新印绘图《大红袍》告成广告“虽体例仿章回,然笔意高超”,绘图《娱目醒心

大清光緒十八年

申報

六月初三日

图 35 《永庆升平》广告(《申报》1892 年 6 月 26 日)

编》广告“虽系章回小说，却一节有一节之笔，一回有一回之事”，如此种种不胜枚举。

章回小说曾是中国古典小说的主流，作为一种小说范式，曾经代表了社会的审美趋向。陈美林等著《章回小说史》中对“章回小说”的定义是：“章回小说是中国古代长篇通俗小说的别称。它以分回标目、分章叙事、情节繁复、内容通俗、语言晓畅、文备众体、模拟说话艺术形式为主要特征。由宋元长篇说话嬗变而来，是中国古代小说中与笔记、传奇、白话短篇分途

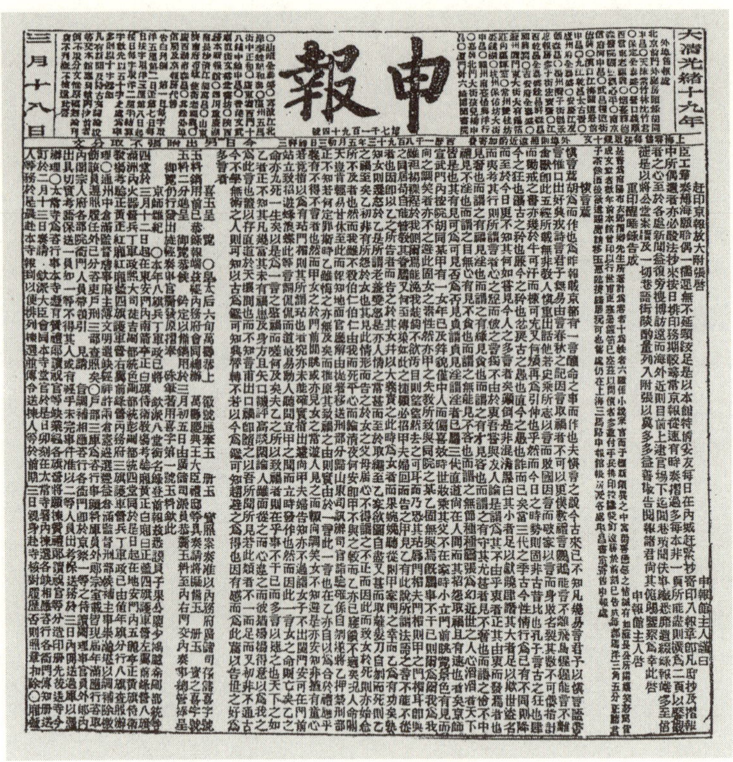

大清光緒十九年

申報

三月十八日

图 36 《醒睡录》广告(《申报》1893 年 5 月 3 日)

并行的一种文学样式。它的创作业绩,体现了中国古代小说的主要成就,是中国文学史上具有代表意义的文体。"[①]时至晚清,对章回小说的指责不外乎以下几方面:全知全能的叙述者凌驾于小说情节之上;章回小说多采用说书式的语言风格,说唱在晚清是典型的民间文艺形式,与士大夫阶层所讲求的"雅"完全相对;为赋新词强说愁,不顾故事的丰满程度,人

① 陈美林、冯保善、李忠明:《章回小说史》,浙江古籍出版社 1998 年版,第 15 页。

为地增加回目，导致冗长沉闷；过多地复制与仿冒，而这些导致了章回小说整体艺术水准下降。细究起来，关于章回体的指责并非是基于体裁本身，而是针对小说的创作技术与艺术格调；并且“任何一种文体范式，从本质上应该认为是一种审美心理精神结构的表现形式，不纯粹是种文类形态”[①]，而小说广告中的批判却由技术细节上升到问题范式，隐隐中流露出的是对章回小说植根的文化社会的反思与批评。“范式是一种共有的精神结构，是一套关于实在本质的信仰。所以范式的革命就是精神结构的革命，认识模式的转换，它意味着人们对世界的观察角度的根本变化，从而也意味着世界在人们经验中呈现方式的根本变化。”[②]章回小说在“五四”精英话语的批评中被细化，周作人在《人的文学》中将有代表性的传统章回小说如《西游记》、《水浒》统统贴上“非人的文学”标签，茅盾指控章回体小说“根本错误即在把能受暗示、能联想的人类的头脑看作只是拨一拨方动一动的算盘珠”。[③] 细细追寻，《申报》小说广告中的文学批评竟做了“五四”的先锋。从以上所陈列小说广告的话语模式分析即可见，对代表着传统文化审美的章回小说的批评早在晚清即始，尽管当时的小说市场还是满眼的章回小说，但是文学批评的脚步却已抢先一步出发。客观地说，章回小说作为一种小说体例，与其他的小说体例应属并列关系，并无体例上的优劣之分，而从周作人、茅盾

---

① 陈美林、冯保善、李忠明：《章回小说史》，浙江古籍出版社 1998 年版，第 16 页。

② ［美］浦安迪：《中国叙事学》，北京大学出版社 1996 年版，第 23 页。

③ 茅盾：《自然主义与中国现代小说》，转引自魏绍昌编《鸳鸯蝴蝶派研究资料》上卷，上海文艺出版社 1984 年版，第 10 页。

对章回小说的批评就可见出，有错的不是小说体例，而是寄寓于小说体例中的文化审美心理。而这一切的批评最终又指向了近代中国的二元对立命题，章回小说对应的是“旧传统”，因而连小说体例这样本来中性的事物也变得有罪起来，“五四”文化精英的这套逻辑，早在晚清就有迹可循。

广告的言说看似延续了传统的小说边缘观，其实重点是在转折之后，这种话语策略充分体现了当时阅读阶层的接受基础和士人阶层的挣扎。中国的变革进行得格外不易，因为传统的力量过于强大，晚清政权结构虽然濒临崩溃，但是思想文化领域的桎梏却仍然庞大。“五四”的先锋们清醒地认识到这点，所以采取了极端的反传统姿态，以求真正驱除传统糟粕的钳制。晚清离“五四”尚有时日，此时的变革者们没有“五四”先锋的双重文化背景和坚定的变革信念，虽然认识到小说的教化功用与消费品性质，一方面没有梁启超那样明确的变革蓝图，一方面市场未开，而阅读阶层也没有经过小说界革命如暴风雨般从上而下的观念宣传，因此只能采取先抑后扬的策略。

二、兴女权与抑女权

女性及女权是启蒙的重要议题之一，以小说广告为文本进行分析，可以窥见当时社会对于女权的态度也是在兴与抑中摇摆。

1906 年 11 月 23 日商务印书馆刊载小说《美人烟草》广告，广告话语采用中国式的叙事传统，讲述了一个日本女子“守贞”的故事。1908 年 1 月 1 日刊载的《中国新女豪》广告(图 37)直

申報第叄張

光緒三十三年十一月廿八日

西曆一千九百八年正月一號禮拜三

家庭現形記出版

申昌書局廣告

信義儲蓄銀行出售●五元十元五十元一百元四種債票訂明週息五釐准十一月三十日發行此票通行匯兌現銀出票無多從速訂購

本銀行

始創老店

上海

本坊開設○上海城內彩衣街○上海北市拋球場○蘇州閶門內中市

日商大川洋行廣告

中國新女豪出版廣告

图 37 《中国新女豪》广告(《申报》1908 年 1 月 1 日)

接批判了当时新兴的妇女解放:“女权发达为世界最可宝贵之事,然未至其程度,则激进实为败事之媒。惟沉思观变,待时而动,乃足以达其希望之目的。”1910 年 1 月 26 日刊载的同名小说《中国新女豪》广告(图 38)却一改三年前的立场,转而支持女性解放:“是书以改良女俗为宗旨,提倡天赋人权独立的自由。”可见当时社会对于女权的态度众说纷纭,旗鼓相当,在抑与兴之间游走。兴女权作为西方传入的人权思想的重要议题已经在这个封建传统国家引起激荡,但女权开放到何种程

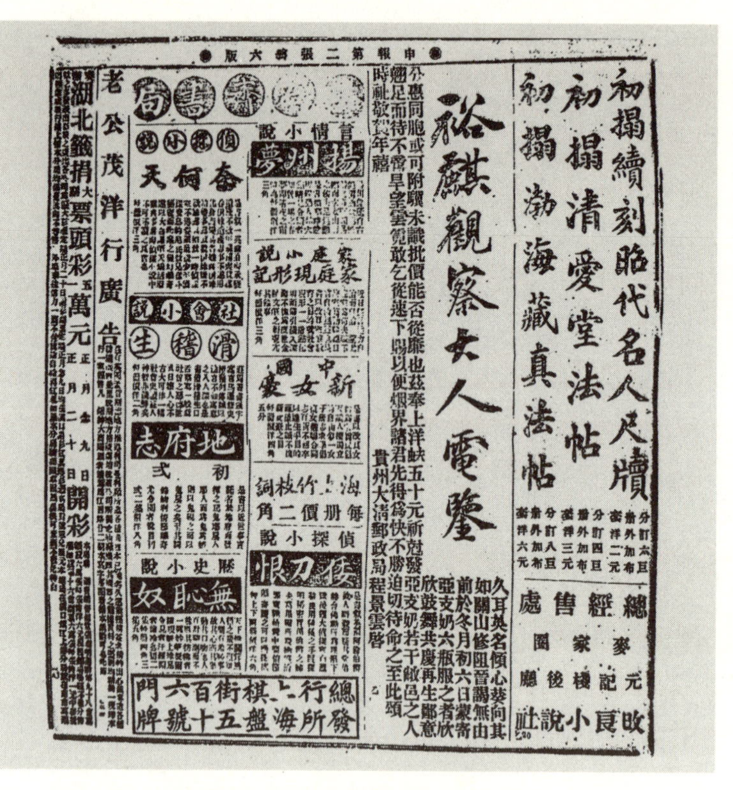

图 38 《中国新女豪》广告(《申报》1910 年 1 月 26 日)

度,以何种方式兴女权,却没有形成社会广泛共识。

1908 年 11 月 29 日,《蛇女士传》的小说广告对于兴女权就持鲜明的反对态度,小说广告中“叙一妇人专主女权去群而开国会演说”,这样的女主人翁却“可为女学界鉴戒”;再联系该书的译名,用“蛇”作定语为这位“专主女权”的女士命名,而蛇在中国传统文化的象征意义中,通常指代的都是坏女人,这位兴女权、开国会的女士竟然被与“蛇”类比,并且在广告文本中还明确提出了规训的意图,要女学界以此为鉴,可见当时社会上有此种观念，即女性提升自己地位的努力以及自我意识的觉醒都是对现有规则的逾越，对社会传统秩序的破坏。1905 年 6 月 25 日刊载的翻印小说《一柬缘》广告语为“足为女子慕势缺德者鉴”，1909 年刊载的《东厕牡丹》的广告则说该小说有关“女界礼教大防”，如此种种都代表了保守的女性观。同年 7 月 15 日刊载的《侠义佳人》广告中却又标榜：“书中兼描写旧时社会中姑虐其妇、夫虐其妻及种种梳头缠足之陋习，大声疾呼，冷嘲热骂，洵及唤醒女界同胞之昏梦。”1910 年 12 月 2 日刊载的《浔州黑暗》小说广告讲述的则是新女性与旧家庭抗争的故事，“是书叙一极开通之女士，处一极黑暗之家庭，以有志向学，备受翁姑顽夫之惨遇，至蒙不白之冤诬，读之令人发指泪下”。这类小说广告代表了当时社会的另一思潮——妇女解放。

妇女解放作为晚清知识精英的政治抱负之一，屡屡表现在“新小说”的题材中，但是仔细分析“小说界革命”倡导者的性别会发现，并无一人是女子，这就涉及问题的根本，晚清的妇女解放及兴女权是基于何种目的与立场。与西方社会的女权运动相比，两种妇女解放的区别立现。现代西方的几次女权运动可以视为女性的自觉悟运动，从运动的思想支持到运动的倡导者再到具体的参与者都是女性；而晚清的这一场妇女解放运动严格来说只是整个社会革新运动的组成部分之一，运动的发起者与精神支持都是男性精英；西方的女权运动是基于人权，而晚清的妇女解放却是出于政治改革需要。对于在严苛的理学框架下的道德戒规与《女诫》这样的训示中成长的晚清女性，能在多大程度上自我觉醒并有自我解放的诉求是很不确定的，所以晚清妇女解放运动的发起者、审核者、操控者全部是男性，这就决定了整个运动始终是在男权话语的监视与掌控之下，这也解释了为什么小说广告中的女权在兴与抑之间摇摆。兴女权是政治目标之一，而抑制女权自然就是宏观调控的手段，以确保女权的解放在男权监视的范围内，男性在这里自然而然凌驾于女性之上。

小说广告显示出这种摇摆并不是个案，而是普遍现象。夏晓虹教授在《晚清女性与近代中国》一书中探讨了在晚清知识精英眼中到底是"'女权'优先还是'女学'优先"。她的论说中就涉及了女权的兴与抑的动摇："问题并不在于女权本身，那是个好东西，关键还在提倡的条件是否具备、时机是否合适"，"旧道德可以作为女权论者的根基，因其可转化为新道德，而无道德者则应与女权绝缘，因为那意味着权利的滥用"①。她的这一分析是将男性精英立场与当时社会现实相结合，比较客观地揭示了女权在兴与抑之间摇摆的原因，但也印证了一个事实，即晚清男性精英对于妇女解放的规划仍是在旧道德的范围之内。袁进教授认为"对礼教的维护体现出民初小说家身上的士大夫气，它也是晚清小说强调教育民众的延续"②，而这一结论也从侧面印证了晚清的知识精英掌控着妇女解放运动。

---

① 夏晓虹：《晚清女性与近代中国》，北京大学出版社 2004 年版，第 85 页。
② 袁进：《近代文学的突围》，上海人民出版社 2001 年版，第 406 页。

第六章
文化与市场的下移

一、广告语言从文到白的变化

《申报》小说广告语言最显著的变化就是从文言到浅近文言再到白话再而彻底通俗化的趋势，广告语言的变化直接反映了小说在文化上的下移。

1900年以前的小说广告，内容上以忠臣、侠义、才子佳人为主，语言采用文言，遣词造句、勾画形容多用书面语，从语言上力图符合传统文士的审美习惯。广告语中通常强调“文辞新颖”、“笔墨轻灵”、“雅俗共赏”、“有功世道”、“娱目醒心”，这些诉求恰好暗合士大夫阶层的文化定位及旨趣。

1900年以后的小说广告语言开始向浅近文言变化，尤其是1904年以后商务印书馆集中出版一系列意在启蒙的小说，广告语言中屡见新名词，诸如“进化论”、“社会主义”、“民主政权”、“电气”、“冒险精神”等。虽然在语言上已趋浅易化，但是广告中充斥的西方地理、文化、政治、科技、宗教等知识，要求广告受众不仅有很好的中学基础，更需要有开阔的胸襟和视野，广博的知识涵盖来接应，因而这些广告的诉求对象应是最先开始接受西学和资本主义伦理观念的新兴知识分子。这一时期的小说广告语言虽以浅近文言为主，但语言形式却并不是唯一的考量标准，充斥广告中的新学名词暗含了对受众阶层文化素养的要求。

此后小说广告的语言继续向通俗白话演变，同时发生改变的还有语体。1908年左右的小说广告已经基本上是白话，到了1914年大批小说杂志和消闲杂志诞生的时候，广告语言不仅在形式上是口语化的白话，在内容风格上也趋向于中下层市民社会。1914年7月4日《礼拜六》第五期广告语为："有几位看《礼拜六》的跟我说第四期已经见了，倒要再买一本第五期的瞧瞧，里面胡说白道些什么东西。"这种对话体的广告策略暴露了杂志创办者对于杂志的定位，而这种非正式的对话语体则见于日常生活中的普通市民阶层。1914年9月16日第十五期《礼拜六》广告则是用上海方言日常用语写成的："强弗强来自家看，弗强里个弗要买。一角洋钱买一册，男女老少用得着。"1915年《礼拜六》曾出滑稽小说专刊，广告语中甚至有"觉得不滑稽就去骂钝根"这样的市井语言。从文言书写语言到白话口语的转变，体现了近代小说在文化上的下移，并最终成为平民化的大众文化消费品。

"语言作为思想的表现形式也制约着思想，维护着士大夫队伍的纯洁"，"语言的变化往往也显示出思想的变化"。[①]"文言/白话"的区隔自古就有，文言被视为士大夫阶层的专用语

① 袁进：《近代文学的突围》，上海人民出版社2001年版，第125、128页。

言，因而对应的就是雅文化；而白话则被视为下层社会的日常生活用语，因而也被贴上了“俗”的标签。小说广告语言的从文言到白话，透露出的其实是启蒙者使文化下移的愿望。这一移动的动因之一自然是“小说界革命”的创作实践，本着载道的目的，儒家道统的内核披上了一层颇具现代性的新外衣，即译介小说广告中的启蒙。既然要新民、要革新群治，自然要与启蒙对象采用一个语言符号系统进行对话，白话是“新小说”不可避免的方向。可惜的是向白话妥协的“新小说”最终也并没有达成初衷，从一个高的起点出发，结果却偏向了市场与世俗趣味。表面上看，“白话取得了全面优势，但实际上这个话乃是文中之话，故所建立的不是个语的系统，而仍是文，是对文另一种形态的强化与巩固”①。陈平原教授认为“‘新小说’更偏重于‘史传’传统”②，这种对传统的继承就决定了无论“新小说”及其广告采用的是何种语言形式，它最终指向的都是文人传统而非民间文化，而译介小说广告中的那些外来语汇与新科技已经证明“新小说”不是更大众化而是更文人化，启蒙小说广告语言下移的结果并没有相应地带动文化下移。

《礼拜六》等专业消闲小说杂志的广告语确实做到了胡适先生在《建设的文学革命论》中构想的“话怎样说就怎样写”，1914 年后消闲小说杂志广告的“言文一致”也包含了“语音中心主义”的动机。只不过这动机背后不是建构现代“民族——国家”，也不是反儒教意识形态，而是竭力向潜在消费阶层靠

---

① 龚鹏程：《近代思潮与人物》，中华书局 2007 年版，第 112 页。

② 陈平原：《中国小说叙事模式的转变》，北京大学出版社 2003 年版，第212 页。

近，拓展消费市场。启蒙精英们希冀通过语言靠近民间社会的愿望，最后却由卖文为生的小说商人做到了，遗憾的是靠近市场的人不是从政治权力出发，而是完全遵照商业社会规则，通过各种手段扩大市场获得利润以维持再生产，这就不可避免地导致文化上的媚俗。从标榜雅致出发到媚俗终止，小说广告的文化格调实现了一次蹦极般的迅速跌落。

二、从精英到平民的市场

从价格考察市场是最有效的方法，1872 至 1899 年的小说广告既然将目标消费阶层定位于文人阶层，其定价必然适应潜在消费阶层的消费能力。1892 年的重印《快心编》售价 5 角，1894 年新印《会芳录》售价 1 元 2 角（这些只是普遍价格），1900 年以前价格最具竞争力的是 1892 年出版的《海上奇书》，售价 1 角。根据近代海关统计资料显示，1892 至 1900 年，大米的价格是每担 3. 5 至 6 两，木柴每担价格为 300 至 450 文（1 角换算大约为 84 文）①。单从价格来说，这些小说的消费市场就不是市民阶层。

除此以外，在物品的使用价值以外，这一时期的小说广告还突出物品的附加值意义，诸如强调版本，印刷的纸张，“装帧古雅”。这些商品的附加值都属于奢侈性消费的范畴，面向的是有钱、有闲、有文化的上层社会。小说广告内容中对于消费

① 参见徐雪筠等译编，张仲礼校订：《上海近代社会经济发展概况（1882—1931）——〈海关十年报告〉译编》，上海社会科学院出版社 1985 年版 ，第 16 页。

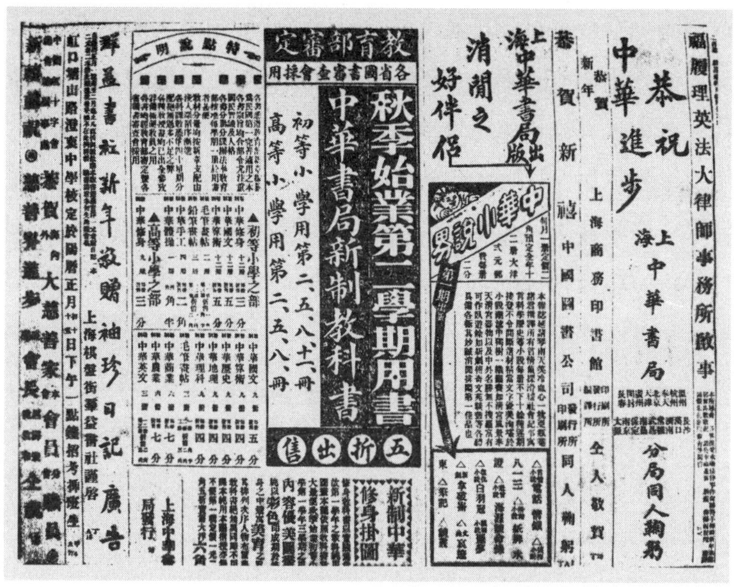

图 39 《中华小说界》出版广告(《申报》1914 年 1 月 1 日)

群体的想象性设定在树立消费者形象的同时也限制了消费。1900 年 1 月 4 日刊载的《钟情传》广告中设定读者的身份为“骚坛才子、绣阁名姝”，这样的策略既可以使有消费能力者附庸风雅，也限制了一部分的消费者。

小说界革命兴起后，小说平民化市场化进程加速，大批小说杂志的价格就相当地市民化。比如最受欢迎的《礼拜六》周刊售价为 1 角，近代海关相关统计显示，1912 至 1917 年间，猪肉的价格在 1 角 2 分至 2 角之间，家禽价格在 1 角 5 分至 2 角 1 分之间。①在那个小说大潮汹涌澎湃的时代背景下，爱读小说者每周花 1 角

① 参见徐雪筠等译编，张仲礼校订：《上海近代社会经济发展概况(1882—1931)——〈海关十年报告〉译编》，上海社会科学院出版社 1985 年版，第 229 页。

钱订阅一本杂志对于普通市民阶层尚属于能力之内的消费。

近代上海不仅是小说的生产地，也是主要的消费地区，对近代上海市民文化素质进行考察，不失为一个田野的办法。自1905年科举废除后，各类新式学校在近代上海迅速诞生。1907年清廷第一次教育统计显示，全国各省有学校37 888所，以4亿人口计算，每万人有学校0.9个；上海该年有学校271个，以上海人口约120万计，每万人有学校2.2个。[①] 1912年上海有学校数199所，在校学生为15 927人，1913年这两个数字分别为253和19 585，1914年为264和19 624，1915年为248和21 857，1916年为268和24 127。[②] 统计数据显示，清末民初的上海社会受教育人数保持着稳中有升的态势，受教育程度的提高，阅读习惯的培养甚而识字率的大幅度提高，都为小说阅读市场的扩大做了重要准备。而新式学校的教育理念和科举时代完全不一样，这就使得近代上海市民在对待小说的方式上，不会像旧式士大夫那样用"小道"、"野史"来警醒自己；西方社会生活方式在学校的渗透使得休闲成为都市学生生活的一部分，而阅读小说是文明生活方式的组成部分，这些因素促使作为市场的近代上海市民不仅有阅读的能力，而且有需求。不仅是市场在努力，作为小说生产者的小说家和出版商也在积极向市场靠拢。小说广告语言从文言到白话的转变，小说广告格调从雅到媚俗的下移，这些因素共同作用，最终导致了小说市场从精英到平民的移动。

---

① 参见张忠民主编：《近代上海城市发展与城市综合竞争力》，上海社会科学院出版社2005年版，第99页。

② 参见徐雪筠等译编，张仲礼校订：《上海近代社会经济发展概况（1882—1931）——〈海关十年报告〉译编》，上海社会科学院出版社1985年版，第221页。

第七章
结　语

正如开始时强调的，本书从《申报》小说广告出发，阐述的重点是近代小说运动在民间社会真实的运动轨迹。通过研究发现，民间社会的近代小说运动轨迹与精英理论的发展并非完全重合，它以自己的方式与视角接受、解码并实践着，并作出了与启蒙精英的初衷完全背离的选择。

长久以来，文学史的写作受到政治话语的干扰。就近代文学史来说，出现的版本不少，但是叙史的路径和视野却一直不够开阔，启蒙和救亡被当成标准计量单位使用，不符合这两大主题的文学作品，在汗牛充栋的文学史上却难觅一席之地。这种精英话语的遮蔽，使得近代文学史的写作出现了“学术内卷化”[①]的尴尬，沿着一个预先设定好的主题，后面的只是对前面的不断重复，真实的历史被强大的政治话语淹没。在精英话语主导下，最广泛的民间社会的情况长期以来被忽视，被启蒙的大多数同时也被预设为沉默的群氓。1900 年前《申

① 吴廷俊、阳海洪：《新闻史研究者要加强史学修养——论中国新闻史研究如何走出“学术内卷化”状态》，《新闻大学》第 93 期第 4 页。

报》刊载的侠义公案小说已经释放出相反的信息，尽管晚清政权对思想文化管制做出了微妙调整，但对政权及统治合法性的质疑已经存在，变革的要求正在孕育中，正是这一社会基础加上当局文化统治的力不从心，使得“小说界革命”的号召能够在很短的时间内得到广泛的回应。

从1904年到1908年，商务印书馆的译介小说广告当仁不让地成为同时期《申报》小说广告的主角。很显然，这是在“小说界革命”指引下的实践。将用以刺激消费的媒介辟为知识传输与政治教化的公共空间，可见当时社会对于“启蒙”的急迫。只是晚清的这次雄心勃勃的启蒙比起“五四”来，多少显得无序、非理性。急于启蒙的冲动流露在小说广告的字里行间，学习的范围冲破自强运动的“体用”之分，实现了从器到道的全面引进，经过时人的不懈发掘，在当时中国“西方”早已超越地理概念而被上升到社会体制与文化思想的高度，并被当成优越的体系供上神坛。1900年的中国，日后成为传统掘墓人的“庚子”留学生们刚刚启程，当时社会的知识精英如梁启超、严复、林纾都是传统知识分子出身，这就使得传统符号不可避免地渗透进对“西方”的解码之中。“西方”体系在这种解读中被碎片化，极致的想象与夸张也使得小说广告中西方的身影光怪陆离。晚清的知识阶层对“西方”与“科学”的理解是极其片面甚至盲目的，从救国图存的功利主义与实用主义出发，对科学的推崇更多的是形而上的意义，将科技与西方当作全面取代传统儒学思想价值体系的新的意识形态。“中国的唯科学主义世界观的辩护者并不总是科学家或者科学哲学家，他们是一些热衷于用科学及其引发的价值观念和假设来诘难、直至最终取代传统价值主体的知识分子。这样，唯科学主义可被看做是一种在与科学本身几乎无关的某些方面利用科学威望的一种倾向。”①“科技”与“西方”在这里显然是方法论层面上的意义，其丰富多元的人文色彩及内涵则被急于启蒙的人们剥离一边。近代“西方”在中国人的世界观中实现了从“入侵者”到“榜样”的角色转换，并确立合法性，而“唯科技论”也以强势的姿态登上原本单一的意识形态舞台，儒学这一中国传统主流意识形态的地位日渐式微，其为思想价值体系提供规范、框架的功能正在衰退。社会意识已经先于行动开始改变，后来小说市场及小说运动发生的转向也就顺理成章。唯科技论已然成为当时社会新兴的生活哲学以及变革理由，技术革命的成果被分解成无数的新名词，加上乌托邦式的狂想，新兴资本主义时代西方神话式的小说广告诞生了。继清官、侠客崇拜后，“西方”崇拜成为小说广告的新特征，只是对西方的膜拜中也暗含了来自传统文化的抵制，基于传统的误读就是抵制的实践。这场启蒙运动的影响有限，1908 年类型、风格陡然一变的小说广告即为明证，不过存于广告中的“自我东方化”倒是定下了一个对后来影响深远的基调：“传统”是落后的，“东方”是荒蛮的。

小说广告中释放的民族主义倾向正是梁启超发起的“小说界革命”的应有之义及重要内容，不过这一严肃的政治意图

---

① ［美］郭颖颐：《中国现代思想中的唯科学主义》，雷颐译，江苏人民出版社 1990 年版，第 3 页。

同时被市场当作此类小说的重要卖点，消费社会中作为大众文化载体的小说广告同时显示了其政治功能。“大众文化是被统治者与弱势者的文化，它总是带有权力关系的印记，因而不能不是政治性的。”①小说广告中的民族主义是精英理念在大众文化中的体现，这种存在于大众文本中的政治诉求首先引起的是微观政治的变化，并通过自下而上的方式逐渐地改变宏观政治。自1909年开始以“黑幕”为卖点的写实小说广告数量就扶摇直上，1913年开始《申报》的小说广告就更成了各种“写情”小说的世界；而狭邪小说，如《海上花列传》、《海上繁华梦》、《花月痕》等广告则集中在一段时间内高频出现在报端，《九尾龟》的小说广告更是在《申报》横贯十余年。比照正统文学史，这一情况让人意外，但却是事实。近代中国社会结构急剧转型的背景下，民族国家和消费社会是并存的两大主流意识形态，很难分清两者的势力究竟孰强孰弱，而是在社会不同领域占据着主导地位。广告作为当时新兴的技术媒介，是在消费社会中迅速蔓延的。毋庸置疑，广告是市场化的产物，按照麦克卢汉的说法，它使消费者重新部落化。换句话说，它是重新整合后的消费者群体的一种反映，某种程度上可以称之为在消费领域出现的民意。小说在启蒙精英眼中，是启蒙的工具；但是在消费阶层眼中，则是属于大众文化范畴的消费品。正如约翰·菲斯克所言，大众文化首先追求的就是快感，市场需求促进了作为文化消费品的小说的生产。这也

① 陶东风：《文化研究：西方与中国》，北京师范大学出版社2002年版，第80页。

解释了清末民初《申报》上黑幕、狭邪、写情小说广告的泛滥，这就是当时大众文化消费领域的民意。近代的小说广告折射出的社会是“众声喧哗”，伴随社会心理方面民族危机感蔓延的，还有资本主义经济发展、近代上海的都市化，因而消费社会以及与之相适应的价值观的建立是必然的。启蒙和消费，教化和商品是并存在《申报》近代小说广告中的两大主题。自1913年开始，作为消费品的小说广告数量急速上升，并很快就在数量上占据了优势。值得注意的是，启蒙和消费并非对立的命题，至少在民间社会的实践上，1915年的“反日拒约”运动最有力的抵抗就来自消费领域。消费带有浓郁民族主义和爱国色彩的小说作品和杂志，如《礼拜六》，购买国货，抵制日货，这是民间社会在消费领域内的爱国行动。

将近代小说创作视为市场化的商品生产过程，会发现价值规律的身影贯穿了生产与销售的全过程。首先是来自社会的需求促进了生产，而近代小说家地位的提高和稿酬制度化使得生产得到保证，文化思维模式的转变同时将小说作者和小说读者从“小道”的话语压迫下解放出来。小说广告中的名人效应直观地体现了小说家地位的提高，而这种身份上的优势与广告话语结合，共同谋求近代小说在文学及社会范围内的地位合法性。身份政治隐身在以名人作卖点的小说广告之中，广告话语如何拥有权力值得引起注意。根据福柯的设定，全部话语都具有一定的意义：“当话语直接或间接、有意识或无意识地向我们强加以意识时，我们就可以认为话语具有话语权力；当这种话语权力被建基于一定的符号资本之上时，我们可以认为这种话语权力表现为一种符号权力。”[①]在名人效应的小说广告中，小说家充当了这种权力符号，作为社会的新贵阶层，名小说家可谓是当时文化市场的稀缺性资源，这种身份上的优势在广告中被加以利用，“通过‘作者’这一功能性标签把一种虚构的统一性强加到话语上”[②]。名人效应的小说广告意在传输这样一层含义，通过对名小说家创作的具有稀缺性的小说进行排他性占有，小说消费者将获得一定回报。这回报也许只是符号性的，比如小说读者通过阅读这样一群社会新贵阶层创作的小说而假想与他们身处同一阶层，跟上社会发展的最新潮流等。而反观小说作家，因其文化能力的稀缺性而在一个特定的历史文化语境中成为符号权力的象征。这种权力的获得可以参照漫长科举时代中的文人，韦伯认为封建中国的文人因为在书写与文献上的知识而获得了身份地位优势。近代小说家因为创作小说的能力而获得社会话语权，而这种身份优势的存在使得当时社会的许多旧式文人认为在科举终结的近代成为小说家是条不错的发展道路。从“话语/权力”与身份政治的维度出发解析近代屡屡出现的名人小说广告，可以发现除了末代科举终结这一客观原因，获取符号权力是促使近代小说家队伍壮大的主观动因，也在稿酬制度建立这一经济因素外，开辟了一个新的研究路径。

消费促进生产，大规模集中生产以及产业模式的改进使得小说从价格上进一步趋向平民化，规模消费催生了专业消

---

① 朱国华：《文学与权力——文学合法性的批判性考察》，华东师范大学出版社2006年版，第15页。

② 同上书，第14页。

闲小说杂志的诞生。虽然抛弃文人传统使用纯白话的主要目的是取悦市场，但这一改变带来的更多是机器大工业模式的小说生产打破了手工作坊式的文人小说创作局限，在审美品位和市场价格上的双重亲民在事实上进一步扩大了通俗小说的市场份额。

选择这个研究课题，是为了真实再现长期以来被遮蔽的历史现实。截取更广泛的年限，我们会发现，其实 100 年前的文化市场秩序和当下有很多的共同点。占据文学史的是精英，占领市场的却是作为消费品的小说，精英对市场的批判态度 100 年来始终不曾妥协。100 年前，“小说界革命”的先驱们主办了大量的启蒙小说杂志，如梁启超主办的《新小说》，但是这些小说杂志多数因为市场和资金来源的问题旋生即灭。当下的纯文学杂志多数面临生存和发展困境，甚而相当数量的杂志连名字都不被作为市场的受众所知，发行也限于圈内人，大众图书市场上举目皆是完全消费性质的小说作品。对立和批判不能维护精英阶层对于文化市场秩序的领导权，自我封闭更会导致话语权的丧失，如何影响并赢回领导权，首先要解决的就是精英观念如何自上而下传播，而本研究课题希望在这一命题上对现实能有所帮助。

后　记

这本小书是在我的硕士学位论文的基础上修改而成，从2008年暑假开始查阅资料到现在出版，前后经历了六年多的时光。

六年中，这个领域的研究已经有了许多进展与突破，我仍然决定将这本不成熟的小书付梓，意在为中国近代文学领域的研究提供另一种视角、一个新的路径或者一个批判的标杆，我想这正是本书的价值所在。

感谢我的硕士生导师袁进教授在我读硕期间给予的指导，是他引领我从近代报刊小说广告这一全新视角进入研究。感谢我的家人，在他们的支持下我顺利完成了本书的写作。感谢那些鼓励我将硕士论文修改出版的复旦师友，在他们的无私帮助下，我鼓起勇气奉出这本稚嫩的著作，正是他们这种热情、提携后学的举措，使更多的年轻人源源不断地投身学术、勇于进取。

现在我的研究已经转向，而本书也为我的上一段学术旅程作了注解。

是为后记。

潘薇薇　于复旦大学
2014年11月27日

图书在版编目(CIP)数据

从《申报》广告看中国近代小说运动/潘薇薇著. —
上海：东方出版中心,2015.1
ISBN 978-7-5473-0746-5

Ⅰ.①从… Ⅱ.①潘… Ⅲ.①小说研究-中国-近代
Ⅳ.①I207.42

中国版本图书馆 CIP 数据核字(2014)第 287113 号

责任编辑： 梁　惠

装帧设计： 一步设计

从《申报》广告看中国近代小说运动

出版发行：东方出版中心
地　　址：上海市仙霞路 345 号
电　　话：62417400
邮政编码：200336
经　　销：全国新华书店
印　　刷：昆山亭林印刷有限责任公司
开　　本：890×1240 毫米　1/32
字　　数：100 千字
印　　张：4.875
版　　次：2015 年 1 月第 1 版第 1 次印刷
ISBN 978-7-5473-0746-5
定　　价：25.00 元

东方出版中心邮购部　电话：52069798